仇《かたき》持ち

町医・栗山庵の弟子日録（一）

知野みさき

PHP
文芸文庫

○本表紙デザイン＋ロゴ＝川上成夫

仇《かたき》持ち　町医・栗山庵の弟子日録（一）　目次

第一話　仇《かたき》持ち ―― 5

第二話　夏の鎌鼬《かまいたち》 ―― 69

第三話　忘れぬ者 ―― 155

解説　細谷正充　238

第一話　仇《かたき》持ち

一

永代橋《えいたいばし》の上で、石川凜《いしかわりん》は目当ての男をじっと待った。

やがて男が、左袖《ひだりそで》をひらひらさせた片腕の男児と連れ立って橋を渡って来るのを認めると、着物の裾《すそ》をまくし上げて北側の欄干《らんかん》に足をかける。

満月に一日早い、卯月《うづき》は十四日。

七ツを過ぎ、潮は引き始めたばかりだが、水面《みなも》までおよそ一間《けん》半余りある。

「おい、そこの女！　よせ！」

通りすがりの者が叫んだが、凜はお構いなしに欄干の上に立ち、下に舟がないことを確かめてから一息に大川《おおかわ》――隅田川《すみだがわ》――へ飛び込んだ。

足から落ちたが、思っていたよりも深く沈んで慌《あわ》てて水をかく。

流れも速く、水面に顔を出した時には既《すで》に橋の南側にいた。

「あっ！」

急流に足を取られて、凜の身体《からだ》は再び水中に引きずり込まれた。

溺《おぼ》れるのは「振り」だけだ。

本当に溺れちゃ元も子もない――

見上げるといくつかの舟影が水面に見える。

己《おのれ》に向かって泳いで来る人影も。

襷《たすき》をかけていない袖と足に絡む裾を恨《うら》みながら必死にもがき、今一度水面に顔を出すと、同時に男の手が凜の襟首《えりくび》をつかんだ。

「助かりたいなら暴れるな」

低い声で男が囁《ささや》いた。

「それともまだ死にたいか？」

「……助けて……ください」

つぶやくように囁き返して、凜は男に身を任せた。

近付いて来た舟に引き上げられてから、凜は己を助けたのが目当ての男その者だと気付いた。

栗山千歳《くりやまちとせ》。

深川《ふかがわ》は佐賀町《さがちょう》に住む、四十路《よそじ》になろうかという町医者だ。

千歳に頼まれて、船頭が舟を永代橋の東の袂《たもと》に着けた。芝居《しばい》をするまでもなく、千歳にもたれたままぐったりしていると、千歳が黙って凜を背負った。

「少しうちで休んでいくといい。案ずるな。私は医者だ」

「凜と申します。どうもご迷惑を……」

「まったくだ」

呆《あき》れ声で応《こた》えたのは、舟を追って袂まで駆けて来た男児であった。

「命を粗末にしやがって」

「男に捨てられて……行くあてもなく、身寄りもないので、つい思い詰めてしまいまして……」

「けっ、莫迦莫迦《ばかばか》しい。あんたのせいで先生が風邪《かぜ》でも引いたら、どうしてくれんだよ？」

「佐助《さすけ》、よせ」

千歳にたしなめられて佐助は口をつぐんだが、歩きながらも凜をじろじろ睨《にら》みつけてくる。

袂の真向かいも佐賀町だが、千歳の自宅兼診察所の「栗山庵《くりやまあん》」は同じ佐賀町でも袂から半町ほど北の下之橋を渡り、更に東に一町ほどのところにあった。

土間が広く、上がり口である広縁《ひろえん》の向こうに診察部屋と思《おぼ》しき板間が見える。

佐助が近所のおかみから借りて来てくれた着物に着替えると、凜は改めて礼を述べてからうつむき加減に切り出した。

「……浅はかでした。先生に助けていただいたこの命、もう無駄にはいたしません。ですが、身一つで追い出されたため、お金も着替えも持っておりません。身の振り方が決まるまで、こちらにしばらくおいていただけないでしょうか？　家事は一通りこなせますし、幾ばくかは薬種《やくしゅ》の心得もございます」

「うん？　そうなのか？」

「はい。父が医者でした。もう遠い昔のことでございますが……」

「ふむ。それならしばし手伝ってもらおうか」

あっさりと千歳が頷《うなず》いたのを見て、「先生」と佐助が非難がましい声を上げた。

「ちょっと待てよ。おれが身元を確かめて来る。お凜さんよ、あんた、どこに住んでいたんだ？」

「それはあの、浅草の……」

「浅草からわざわざ深川まで来て身を投げたってのか？　大川橋でも両国橋《りょうごくばし》でもよかったじゃねぇか」

「こら、佐助」

「だって先生、おかしいよ」

「ああ、おかしいな。だがまあ、いろいろあったんだろう。思い詰めた者ってのは時に突拍子もないことをやらかすもんだ」

「けどよ」

「案ずるな。この人はそう変な人じゃなさそうだ。なぁ、お凜さん？」

千歳が己を見やってくすりとするのへ、凜は慌てて頭を下げて繰り返す。

「はあ、あの、どうも申し訳ありません。その……身の振り方が決まるまで、どうぞよしなに……」

「会ったばかりの者には――殊《こと》に男には――言いにくいこともあるだろう。訳は無理に話さずともよいから、まずは身体を休めるといい」

「あ、ありがとう存じます」

佐助が舌打ちせんばかりの顔をしたが、凜とてこうも首尾よくことが運び、千歳がいとも容易《たやす》く己を受け入れたことに戸惑《とまど》っていた。

千歳の同情を引くべく、いもしない男の人柄やありもしない己の身の上話を用意してきたが、話さずともよいのなら黙っていた方が得策だ。

でも――

千歳の申し出がただの厚意か、それとも下心《したごころ》ゆえか、凜にはなんとも判じ難い。

佐助も同様らしく、むっつりとして疑いの目を千歳と凜へ交互に向けた。

二

男に捨てられた、というのは嘘《うそ》だが、行くあても身寄りもないのは本当である。

凜は伊勢国《いせ》は津《つ》藩の武家の娘だ。

否《いな》。

武家の娘「だった」。

勘定方《かんじょうかた》だった父親の忠英《ただひで》を早くに亡くしてから、家も役目も七歳年上の兄の忠《ただ》直《なお》が継いでいたのだが、その忠直が五年前、凜が十七歳の時に毒死した。

横領を咎《とが》められての自死とされたが、実は上役であった山口成次《やまぐちなりつぐ》と同輩の竹内昌《たけうちまさ》幸《ゆき》に濡《ぬ》れ衣《ぎぬ》を着せられた上で毒殺されたのである。

残された凜が真相を知ったのは、忠直の死の一年後、妹の純《じゅん》が病《やまい》で、母親の芹《せり》が心労と過労で死した後だった。

横領の咎で石川家は取り潰《つぶ》されて、凜たち女三人は遠い親類を請人《うけにん》として町の九《く》尺二間《しゃくにけん》に身を寄せた。もともと身体の弱かった純は長屋に越して一年足らずで風邪をこじらせ呆気《あっけ》なく逝《い》き、息子の罪と死、慣れぬ裏長屋や内職、先の見えぬ暮らしに塞《ふさ》ぎ込んでいた芹に追い打ちをかけた。純の死から一月《ひとつき》足らず、「目眩《めまい》がする」と寝込んだ翌朝に、芹は搔巻《かいまき》の中で冷たくなっていた。

芹の野辺送《のべおく》りを済ませた後にようやく、凜は兄の形見《かたみ》の文箱《ふばこ》に隠されていた訴状を見つけた。隠し底――といっても、底に同じ大きさの板を重ねただけ――に挟《はさ》まれていたのだ。

勘定吟味役《ぎんみやく》に宛てた訴状には、山口の横領とその手口が書かれていた。

兄上は殺されたのだ――

もとより兄の無罪を信じていた凜はそう直感した。

すぐさま兄に代わって吟味役へ訴え出ようと思ったものの、女の身一つでは心《こころ》許《もと》ない。

まったく私は世間知らずだった……

あの頃の己を思い出す度《たび》に、凜は歯噛《はが》みせずにいられない。

山口に知られぬよう吟味役に橋渡ししてもらえぬかと、凜が訪ねたのは兄の同輩の竹内だった。

下心がなくもなかった。

竹内とは忠直の生前に幾度か顔を合わせており、「いずれ妹御《いもうとご》を嫁にくれ」などと軽口《かるくち》を叩《たた》くのを聞いたことがあった。竹内への恋心はなかったが、兄、妹、母親と立て続けに家族を失い一人になった凜は、どこか竹内に期待していた。娶《めと》ってもらえずとも、身の振り方の相談に乗ってくれるのではないかと考えた。

が、これは大きな過《あやま》ちだった。

竹内こそが、忠直に濡れ衣を着せようと山口に進言した者だったのだ。

――くれぐれも内密にことを運ばねばならぬ――

そう諭《さと》して、竹内は町外れの旅籠《はたご》に凜を呼び出した。

竹内に言われた通りに訴状を持って旅籠を訪れた凜は、「吟味役を待つ間」に慣れぬ酒を勧められて酔い潰された。

翌日、凜は見知らぬ旅籠・叶屋《かのうや》で目覚めた。

叶屋は旅籠とは名ばかりの遊女屋だった。女将《おかみ》にして遣《や》り手《て》の秀《ひで》から話を聞いて、凜は己が竹内に嵌《は》められ、犯され、叶屋に売り飛ばされたことを知った。

――騙《だま》されたんです！――

涙ながらに訴えた凜へ、秀は静かに頷いた。

――うん、そうかもしれないね。だがもう後の祭りだ。お前の言う訴状はどこにもない。お前の話を裏付けるものは、もうなんにもないんだよ。お前にあるのはこの借状だけだ。お前が何をわめこうが、証《あかし》がなけりゃ誰も信じやしない――

――女郎になるくらいなら死んだ方がましです――

そう言った凜へ、秀は冷ややかな笑《え》みを向けた。

――どうするんだい？　舌を嚙み切るかい？　首を吊《つ》るかい？　それがお武家の娘の意地だってんなら、今すぐここで死んでみな。この私がじっくり見物してやるよ。見事死んだら、見世物代《みせものだい》としてこの借金はちゃらにしてやろう――

武家の意地、と言われて凜は思い直した。

死のうと思えばいつでも死ねる。

私が――私が仇《かたき》を討ってやる！

女三人の暮らしが立ちゆかなくなり、借金を重ねてとうとう身売りすることになった――そんな風に町では噂されていると、のちに秀が教えてくれた。

城下とはいえ、花街《かがい》は江戸の吉原《よしわら》よりずっと野暮《やぼ》で低俗だ。秀曰《いわ》く、「恩情」でひととき秀から直々《じきじき》に手ほどきを受け、凛はその日の夜から客を取らされた。

まずは苦界《くがい》から抜け出さねばならぬ。

己を偽《いつわ》り、知りたくもなかった手練手管《てれんてくだ》を学び、屈辱に耐えながら媚《こび》を売って凛は身請人《みうけにん》を探した。幾度も自死を考えたが、その度に無念のうちに死した忠直、純、芹を思い出し、仇討ちの決意を新たにすることで思い留《とど》まった。

叶屋で春をひさぎ続けて一年余りが過ぎた頃、凛は望月要《もちづきかなめ》という三十代半ばの刀匠《とうしょう》に請け出された。要は元伊賀者《いがもの》で、秀から凛の仇討ちの意を聞いて興を覚えたとのことだった。

――武士を二人も討ち取ろうというなら、それなりの支度《したく》が必要だ――

仇討ちに逸《はや》る凛を押し留め、共に山口と竹内の二人を探る間に、要は武芸と医術を凛に仕込んだ。

そうして二年ほどが過ぎたある日、要は唐突に姿を消した。

置文《おきぶみ》によると、要は秘薬を貰《もら》い受けがてら、医者にして友人のもとでしばらく過ごすという。置文は初めてだったが、鉄の買付や昔の知己《ちき》を訪ねて要が家を空《あ》けることは珍しくなかったため、要を案じながらも凜は一人で留守居に徹した。

三日目の夕刻、凜は竹内が辻斬《つじぎ》りに殺されたと耳にした。

要さんの仕業《しわざ》ではなかろうか……？

漠然《ばくぜん》とそう思いつつ、だが確かめる術《すべ》もなく要の帰りを待ったが、結句《けく》、一年が過ぎても要は戻らなかった。

どこにいるのか。

生きているのか。

要の安否は気がかりだったが、いつまでも待ってはいられない。竹内は死したが、山口はまだ生きているのだ。迷いに迷った末に家財を売って、まとまった金を作ると、凜は一路江戸を目指した。忠直の死から既に五年――山口は金奉行《かねぶぎょう》を務めたのちに江戸《えど》定府《じょうふ》を命じられていた。

凜には、要を通じて知ったつてがいくつかあった。浅草は三間町《さんげんちょう》の万屋《よろずや》・伊勢屋もその一つで、要の名を出すと、五十路《いそじ》過ぎの女将の稲《いね》はすぐさま助力を申し出てくれた。

山口が北神田《きたかんだ》にある津藩の中屋敷にいることはすぐに判《わか》ったが、仇討ちを果たすには策を練らねばならなかった。

女中として潜《もぐ》り込もうにも屋敷の女中は足りており、よしんばそうでなくとも、屋敷が頼む口入れ屋は凜のような身元の怪しい女は雇わない。武芸は習ったもののほんの二年で、元伊賀者の要のように屋敷に忍び込むほどの技量は凜にはなかった。他出《たしゅつ》の折を狙《ねら》おうにも、町娘が武家屋敷を見張るには限りがある。

考えあぐねていた矢先に、稲から勧められたのが千歳だった。稲曰く、千歳は伊勢国の出で、町医者でありながら中屋敷に出入りしている藩医と親しいそうで、月に二度は中屋敷を訪れているという。

急《せ》いてことを仕損じるより、間違いなくあいつを仕留めるために——

時を要するが、千歳に取り入り、いずれ伴《とも》として中屋敷に上がり込もうという魂胆で凜は此度《こたび》の狂言に及んだのだった。

三

栗山庵にて、千歳と佐助との三人暮らしが始まった。

凜は診察部屋の隣りの、客間代わりの小座敷で寝起きするようになった。

二人よりも早く、毎朝六ツ前に起き出しては、広縁を挟んですぐの台所で朝餉《あさげ》の支度にかかる。朝餉ののちは洗濯と掃除を済ませて、日中は佐助と共に千歳の診察を手伝った。

片腕の佐助は、一昨年、二親《ふたおや》を亡くしたのちに千歳に引き取られたという。凜より十歳年下の十二歳で、つるりとしたあどけない面立《おもだ》ちと、細く小柄な身体つきゆえに歳《とし》より少し幼く見える。初日からずっと凜への疑いを隠さぬが、親代わりの千歳の意向ゆえに渋々《しぶしぶ》仕事を共にしている。

「身の振り方が決まるまでって約束だからな。さっさと口入れ屋にでも行けよ」

「そう意地悪言うな。袖振り合うも他生《たしょう》の縁だ。どこへゆくにしても先立つものが少しはいる。それに読み書きできるのは助かるな。どうだ佐助？　しばしでもお凜さんから読み書きを習うというのは？」

「ごめんだね」

言下《げんか》に応えて、佐助はぷいっと不満げに遣《つか》いに出かけて行った。

二年ほど千歳のもとにいるだけに、佐助も診察の手伝いを心得ている。だが、まだ子供で片腕ゆえにできることが限られている上、読み書きが不得手《ふえて》で、助手《すけて》と呼ぶには遠く及ばない。対して凜は「父が医者」というのは嘘でも、医術は一通り要から学んでいたし、子供の頃から読み書きのみならず算術も得意だった。長身だった父親や兄に似て背丈は五尺四寸と、そこらの女よりかなり高く、鍛え続けてきた身体は細くとも引き締まっていて、力仕事もそこそこなせる。

「なんだか仕事を取ってしまったみたいで、佐助さんには悪いことを……」

「だがまあ、そろそろあいつもなんとかせねばと思っていたんだ。今は手伝いよりも手習いに行って欲しいんだが、あいつは人見知りでな。指南所《しなんじょ》へ行くのを嫌がっておるのさ」

人見知りというよりも、片腕をからかわれるのが嫌なのだろう。佐助は「風呂嫌い」と称して、湯屋《ゆや》にも行かずに自室で身を拭《ぬぐ》うだけである。

「片腕だと掃除洗濯はともかく炊事《すいじ》が危なっかしい。女中を雇うか否かと迷っていたところだったから、お凜さんが来てくれて助かった」

そう言って微笑《ほほえ》んだ千歳に凜も微笑を返したが、本意はどうも量《はか》りかねる。

佐助が他出していて二人きりの時でも、千歳は下心を微塵《みじん》も見せない。だが、女中を雇おうとしていた矢先とはいえ、己の申し出をすぐさま受け入れたのが、ただの厚意とも考えにくかった。

顔立ちは中の上だと自負しているが、背丈がある分、凜は叶屋ではあまり人気がなかった。男の大半は己より小さくか弱い女を好むからだ。それでも何かにつけて色欲《しきよく》に駆《か》られるのが男という生きものだと、凜は叶屋で思い知った。ゆえに、取り入るためには夜伽《よとぎ》も辞さないつもりでいたが、色欲のしの字も見せない千歳にはますます戸惑わずにいられない。

要さんに似ている……

顔かたちは違うが、千歳は背丈五尺七寸ほど、目方は十七貫《かん》余りと、身体つきが要に似ていた。歳も今年三十八歳と、要と同い年である。

また、要も家ではけして凜を抱こうとしなかった。要が凜を抱いたのは叶屋での一夜限り――その翌日には凜を請け出したのだ。

意に染まぬ夜伽をせずに済むのはありがたいが、まだ千歳の厚意を信じ切るには至っていない。

一方、医者としての千歳には瞠目《どうもく》していた。

風邪や腹痛、頭痛などありふれた病への処置や薬の調合はもちろん、脱臼《だっきゅう》は瞬《また》く間に入れ直し、折傷《せっしょう》や金瘡《きんそう》の処置も抜かりがない。殊に針さばきが見事で、痛みが少なく傷跡も目立たぬと巷《ちまた》では評判のようである。

千歳は始終穏《おだ》やかで、腕をひけらかしたり、居丈高《いたけだか》になったりということはなかったが、施《ほどこ》しは一切しなかった。その日暮らしの者にも相応《そうおう》の薬礼《やくれい》を求めて、借金させてでもきっちり取り立てている。

腕前はもとより、良質な薬や道具へのこだわりから薬礼が相場より高いため、そこらの町の者はよほどの大怪我《おおけが》でもない限り訪ねて来ない。ゆえに日によっては書を読んだり、生薬《しょうやく》を試したり、縫合《ほうごう》の稽古《けいこ》をしたりして、のんびり患者を待つこともあった。

そんなこんなで半月が過ぎた卯月末日、四十路過ぎの男が駕籠《かご》で運ばれて来た。しばらく前に誤って古釘を踏み抜いたそうで、左足が膿《う》んで黒ずんでいる。

「こりゃ、足首から先を切るしかないな」

上下左右から傷口を眺《なが》め、即座に判じて千歳は言った。

「やっぱり……」

つぶやいて肩を落としたのは、付き添って来た息子の方だ。

「仕方ねぇ。まあ覚悟はしてきやした。まだ死にたくありやせんし……切るなら栗山先生がいいって仲間から勧められやして」

男は神田の彫師《ほりし》だという。切るしかない、と聞いて凜は同情を隠せなかったが、居職《いじょく》の彫師なら、切り落とすのが手でなかったことは不幸中の幸いだ。

「薬礼は三両で三月《みつき》分だ。三月の間は私の言うことに従ってもらう。医者として最善を尽くすが、もしもの時は恨みっこなしだ。それでもよいか?」

「へぇ。そいつも覚悟してきやした」

「よし。柊太郎《しゅうたろう》は今日は道場だな。佐助、悪いがひとっ走り――」

「合点《がってん》だ」

千歳に皆まで言わせず、佐助が駆け出して行く。

裏の長屋に住む清水《しみず》柊太郎は、凜と同い年の浪人《ろうにん》剣士だ。背丈も凜と同じく五尺四寸で、そこそこ整った美男と呼べる顔立ちをしている。浪人ゆえに用心棒や人足仕事を請け負って暮らしを立てているのだが、仕事のない時は深川でも両国よりにある剣術道場で稽古に励んでいる。

柊太郎さんに切らせるのか……

凜が湯に桶《おけ》、阿剌吉酒《あらきしゅ》、手拭い、巻木綿《まきもめん》などを支度する間に、千歳は納戸《なんど》から薬を持って来た。紫の粉は乾燥させた紫根《しこん》で止血に使われるものだが、それとは別に小さな包みを凜に差し出す。

「こいつを煎《せん》じてくれ。ひと煮立ちしたらかすは濾《こ》して、更に少し煮詰めてくれ」

「これはなんの薬ですか？」

「痛み止めだ」

言われた通りに薬を煎じ、煮詰めたものを患者に飲ませて半刻《はんとき》ほどして、佐助が柊太郎を連れて来た。

「やあ、お凜さん」

「こんにちは」

愛嬌《あいきょう》たっぷりの柊太郎に、凜はにこりともせずに短く応えた。

「相変わらず堅《かて》ぇなぁ」

柊太郎は苦笑を漏《も》らしたが、花街を出た今、無駄に愛嬌を振りまくことはない。

「柊太郎、手伝ってくれ」

「あいよ」

浪人の柊太郎は大刀《だいとう》しか腰にしていないが、その一振りを外して千歳に手渡す。それから千歳と共に患者を土間に移すと、「あんたは見ねぇ方がいい」と、息子に診察部屋へ行くよう促《うなが》した。

「お凜さんもあっちへ行きなよ」

佐助が診察部屋を指差すのへ、凜は小さく首を振った。

「いえ。血止めは早い方がよいですから、ここでお手伝いいたします」

千歳が患者の足を縛る間に、柊太郎が猿轡《さるぐつわ》をかませて押さえつける。

支度が整うと、千歳は刀を抜いて微笑んだ。

「うん。ちゃんと手入れしてあるな」

「たりめぇさ」

まさか、先生が――？

凜が問いかける前に、千歳が刀を一閃《いっせん》し、なんなく患者の足首から先を斬り落とした。

千歳や佐助と共に、凜は急ぎ止血にあたった。

猿轡をしていても患者は叫び、うめき、身体をよじったが、痛み止めが効いているのか凜が想像していたよりずっとましだ。

一通り止血を終えて患者を診察部屋に移してしまうと、患者は千歳と佐助に任せて、凜は土間を片付け始めた。

切り離された足の汚れを拭って端布《はぎれ》に包んでいると、土間に下りて来た柊太郎がくすりとして言った。

「あんた、思ったより肝《きも》が据《す》わってんだな。あんなとこを見てもまるで動じねぇたぁ恐れ入ったぜ」

「父が医者でしたから」

千歳についた嘘を柊太郎にも繰り返す。

あのように刀で斬られた者を見たのは初めてだったが、ちょっとした刃傷沙汰《にんじょうざた》なら叶屋でも幾度かあった。客に孕《はら》まされた上に、無理な出産で下肢《かし》を血まみれにして死んだ女郎も見たことがある。

「ふうん……」

「栗山先生は剣術も心得ていらしたんですね」

「まぁな。あの刀も、実は先生がくれたもんだ」

「もしや、佐助さんの腕も先生が？」

「ああ」

二年前、佐助は火事で二親を亡くし、自身も崩れた家の下敷きになったそうである。声を聞きつけ千歳は瓦礫《がれき》を押しのけたが、左腕は梁《はり》に挟まれて抜けなかった。

「火が迫ってて辺《あた》りにゃ誰もいねぇし、梁にも火が移ってて一人じゃどうにも動かせねぇってんで、腕を落とさざるを得なかったんだと」

外科――殊に金瘡医として江戸では既に知られていた千歳だが、佐助を助けたことで更に名をあげたらしい。

夕餉《ゆうげ》の席で、凜は千歳に「痛み止め」について問うてみた。

「ああ、あれは曼陀羅華《まんだらげ》と鳥兜《とりかぶと》――それから当帰《とうき》やら白芷《びゃくし》やら川芎《せんきゅう》やらさ」

「曼陀羅華に鳥兜？　毒ではありませんか」

曼陀羅華は「気違い茄子《なす》」とも呼ばれ、食すと目眩や幻覚、悪寒《おかん》に襲われる。鳥兜の根は生薬にもなるが、毒として用いられることもしばしばだ。

「秘伝の調合だ。毒も使いようによっちゃ薬になる。逆もしかりだ」

面白そうに微笑む千歳を見て、凜はやはり要を思い出した。

要さんも似たようなことを言っていた……

武芸も医術も一通りのことしか習っていない。殊に薬種の知識は浅く、毒を薬として用いる方法はまだ学んでいなかった。

もしや先生も要さんと同じく、かつては忍《しのび》だったのだろうか……？

「まだまだ知らぬ、至らぬことが多くてすみません」

「何も謝ることはない。あれを見て目を回さなかっただけでもありがたいよ。薬についてはおいおい学べばいいさ」

「はい。どうかよろしくご指南くださいませ」

「待てよ、先生。身の振り方が決まるまでって約束だろ？」

むっとした佐助にも千歳は微笑んだ。

「だが、お凜さんが家のことをしてくれる分、お前も助かっているじゃないか」

「それは……」

「だからいっそ、お凜さんをうちで雇うってのはどうだ？」

「冗談じゃねぇや。こんな得体のしれねぇ女……ああでも、柊太郎はお凜さんが気に入ったみてぇだったな。そうだ、お凜さん。あんた、柊太郎の嫁になんなよ。そんで裏から通うといいや。ねぇ、先生？」

凜と一つ屋根の下で寝起きするのが、よほど厭《いと》わしいらしい。

「そうだな。あいつもそんな年頃か。しかし、お凜さんの方はどうだい？」

「――冗談じゃありません」

にべもなく凛が応えると、まずは千歳が、それから佐助まで笑い出した。

四

佐助が言った通り、柊太郎は凛が気に入ったようだ。

あれから毎日訪ねて来ては、冗談交じりに凛へ誘いをかけてくるようになった。

「なぁ、気晴らしに八幡《はちまん》さまにでも行かねぇか？」

「居候《いそうろう》の身で気晴らしなど、とんでもありません」

「お凛さんのために、両国で評判の菓子を買って来たぜ」

「ありがとうございます。のちほど先生と佐助さんと一緒にいただきます」

都度《つど》すげなくしているのだが、気を悪くするどころか「面白《おもしれ》ぇなぁ」と柊太郎は愉《たの》しげだ。

まずまずの美男ゆえに、柊太郎に岡惚《おかぼ》れしている女もいるらしい。だが柊太郎はどちらかというと童顔で凛より若く見えるし、背丈が同じなこともあって男としてはどうも物足りない。また、凛の目的は仇討ちであり、何より竹内の仕打ちや叶屋での女郎暮らしから、やむを得ない場合を除いて男にかかわるつもりはなかった。

足の切断に動じなかったこともそうだが、凛の知識や武家の娘として身につけていた礼儀正しい所作《しょさ》や言葉遣いが、千歳の御眼鏡《おめがね》に適《かな》ったようだ。更に半月が過ぎ、皐月《さつき》も半ばになった頃には、武家への往診の助手を頼まれるようになった。

佐助は不満を隠さなかったが、もとより佐助が同行していたのは町家への往診のみで、武家には千歳が一人で行っていたという。

「どうせ、おれはこんなだし……」

片腕という見た目に加え、己には武家に出入りする品位が備わっていないと自覚しているようである。千歳への敬愛の情が深いのは傍《はた》からでも充分見て取れるため、凜は何やら気の毒に思わぬでもない。

「佐助さんももう幾年かしたら、私より力持ちになるでしょう。その前に髷《まげ》を結《ゆ》ってみてはどうでしょう？　今度、私と一緒に髪結《かみゆい》に行きませんか？」

「うるせぇ。余計なお世話だ」

湯屋に加えて、髪結も嫌っているのか、面倒なのか、総髪《そうはつ》を後ろで引っくくっただけである。本当は着物を含めて今少し身なりを整えてやりたいのだが、相変わらず凜のことを煙《けむ》たがっている佐助には取りつく島がない。

そんなこんなで、川開きを三日後に控えた皐月は二十五日。

念願叶《かな》って、凜は千歳と共に津藩の中屋敷を訪ねることになった。

「私は伊勢国の出でな。江戸屋敷に出入りしている土井《どい》先生と馬が合って、先生の紹介で金瘡の怪我人を診《み》たのが縁で、屋敷に出入りするようになったんだ」

「さようでございますか」と、初めて聞いたかのごとく凜は相槌《あいづち》を打った。

人柄と腕が知れたからか、今では金瘡のみならず、何につけても千歳の診察を望む家臣や使用人がいるそうである。

中屋敷行きは昨夕急に告げられたため、ろくな支度はできなかった。

要の家にあった懐剣《かいけん》や手裏剣《しゅりけん》、角手《かくて》は売らずに江戸まで持って来たが、浅草の伊勢屋に預けたままで、手元にあるのは仕込み刃入りの笄《こうがい》のみである。

津で見かけただけで、山口とは直《じか》に顔を合わせたことがない。凜は兄の忠直と目鼻立ちが似ている方だが、一目で兄妹だと見破られることはないだろう。

けれども、どう討ち取るべきか――

相手はそれなりの身分の武士ゆえに、返り討ちに遭《あ》わぬよう――だが刺し違えはやむなしの覚悟で凜は江戸にやって来た。たとえその場では命を取り留めたとしても、のちの手討ちや死罪は免《まぬか》れまい。

屋敷の中なら山口は丸腰だろう。竹内は忠直と同い年で、生きていたとしてもまだ三十路《みそじ》前だが、山口は既に四十路を過ぎている。調べた限りでは武芸は形ばかりしか学んでいないようだから、出会い頭《がしら》になら笄の仕込み刃でも仕留められるだろうが、千歳に累《るい》が及ぶのは避けたかった。この一月半ほどで、千歳や佐助に多少なりとも情が芽生《めば》え始めていた。

そもそも、山口と顔を合わせる機会があるかどうか。仕事場や寝所《しんじょ》を探ることさえ難しいと思われる。

だが、待ちに待った機を逃したくないと、凜は気を逸らせた。

深川から永代橋を渡り、日本橋の商家に立ち寄ってから、神田川を目指して北へ歩いた。津藩の上屋敷は和泉橋《いずみばし》から二町ほど北にあり、中屋敷は上屋敷を過ぎて更に四町ほど北に位置している。

中屋敷に着くと表座敷に通された。

一人目の患者は壮年の家臣で、二月《ふたつき》前に腕を折ったがもうほとんどよくなっており、添木《そえぎ》をあて直すだけで済んだ。

二人目は三十路過ぎの女中で、目の周りの隈《くま》が濃く、唇が赤黒くなっている。

「お凜さんの見立てはどうだ？」

心持ち愉しげに問うた千歳に断って、凜は女中と向き合った。

「煙草《タバコ》をよくお喫《の》みになりますか？」

「とんでもない」

「息切れや月のものの遅れはございますか？」

「少しだけ……つ、月のものも……」

千歳の手前か、恥ずかしそうに女中は応える。

「お手を」

女中の手を取り、手首の脈に親指と小指を除いた三本の指を揃《そろ》えてあてた。人差し指と中指はそうでもないが、薬指に脈を感じるまでに刹那《せつな》の間がある。

「脈が渋うございます。瘀血《おけつ》ではないでしょうか」

「うむ」

頷いて千歳は、やや不満げな――おそらく千歳の見立てを期待していた――女中へ微笑んだ。

「どうも血の巡りが悪くなっているようです。薬はまだいらぬでしょう。夏なのに莫迦《こん》莫迦しいと思うやもしれないが、身体を冷やさぬよう気を付けなさい。あんまり根を詰めず、こまめに身体をほぐすように」

「はい、先生」

大人《おとな》しく頷くと、女中は仕事へ戻って行った。

さて……

山口の居所をどう探ろうか、厠《かわや》にでも立って迷子の振りでも装うかと凜が口を開きかけた矢先、廊下に控えていた下男《げなん》が言った。

「本日はこちらへはあの二人のみです」

「そうか。では、山口さまを診に伺おう」

「えっ？」

　思わず声が上ずった。

「あ、あの――山口さまとは一体……？」

「おととし津からいらしたお方なのだが、三月《みつき》ほど前から床《とこ》に臥《ふ》したままなのだ」

　聞けば山口は定府として一年ほど上屋敷で勤めたのちに、癪《しゃく》を起こして倒れたという。幾度か回復の兆《きざ》しを見せたものの、三月ほど前に再び大きな癪に見舞われて寝たきりになったため、中屋敷に移って療養しているそうである。

「癪を……」

　同姓の別人かと疑ったのも束《つか》の間《ま》だ。勝手知ったる千歳について訪ねた屋敷内の長屋に横たわっていたのは、紛れもない仇の山口成次だった。

　千歳の手前、凜は精一杯平静を装った。

　千歳に名を呼ばれて、山口はうっすらと目を開いてこちらを見た。

「先生……」

「お加減はいかがですか？」

「いかがも何も……」

　弱々しく応えて、山口は再び目を閉じた。

山口はもう長くない——

内心愕然《がくぜん》としながら、凜は考えを巡らせた。

放っておいても山口はいずれ死ぬと思われた。

だが、いつになるかは判らぬし、このような「まっとう」な死に方ではなく、己が手で殺してやりたいという衝動と凜は戦った。

笄を引き抜き、仕込み刃で山口の喉をかっさばく。

もののひとときとかからぬ筈《はず》だ。

でもその前に。

その前に、こやつに思い知らせてやりたい。

兄上とお純、母上の無念と、この私の積年の恨みを全て——

「お凜さん？」

千歳に呼ばれて、凜は己が笄に触れていたことに気付いた。

今手を下せば、己を連れて来た千歳も必ず咎めを受ける。お白州《しらす》に連れてゆかれるなら申し開きもできようが、己と共にここで手討ちになる見込みもなくはない。

己や千歳の死に様よりも、佐助の泣き顔が思い浮かんで凜は笄から手を放した。

「……なんでもありません」

「そうか？　ならばゆこう。あまり遅くなると佐助が心配するからな」

千歳に促され、凜は身を引き剝《は》がすようにして腰を上げた。

五

翌日。

凜は千歳に断って、浅草を訪ねることにした。

「男のとこに戻んのかよ？」と、佐助。

「いいえ。捨てられた身で、今更すがるつもりはありません。ですが、近所によくしてくださったお婆《ばあ》さんがいたので、ちょっと様子を見に伺いたいのです」

嫌みたっぷりの佐助とは裏腹に、千歳はにこやかに応じてくれた。

「気を付けて行っておいで。久しぶりにゆっくりしてくるといい」

「甘い。甘いよ、先生は」

「なんならお前もたまには遊びにおゆき」

「おれはちゃあんと仕事をするよ」

小さく鼻を鳴らしてから佐助は付け足した。

「でも、その、遣いのついでにちょびっとだけ寄り道するかも……」

「ちっとも構わんよ」

家を出ると、凜は大川の東側を北へ歩いた。

中之橋、上之橋、萬年橋《まんねんばし》、一之橋《いちのはし》と渡って行くうちに、後を追って来る者の気配に気付く。両国橋を西へ渡ってから、袂でそれとなく振り返ると、視界の隅に佐助の姿がちらりと映った。

凜が「お婆さん」と言ったのは、伊勢屋の稲のことだ。

武器はしばらく預けたままにしておくつもりだが、仇討ちの手段の一つとして毒を用いてはどうかと考えた。伊勢屋は表向きはまっとうな万屋なのだが、元伊賀者の要のつてだけあって、裏稼業《かぎょう》として店には出せないものも多々取り扱っている。伊勢屋を知られては厄介《やっかい》だと、凜は佐助を撒《ま》くべく、両国広小路《ひろこうじ》の人混みに紛れて神田川の方へ道をそれた。

と、柳橋《やなぎばし》を渡る途中で背後から佐助の声が聞こえた。

「何すんだよ！」

「そりゃこっちの台詞《せりふ》だ、この餓鬼《がき》め！　そっちからぶつかっといて詫《わ》びもなしたあ、いい度胸じゃねぇか」

凜が振り返ると、浪人らしき柄の悪い男が佐助の襟首をつかんでいる。

「すまねぇ。ちょいと急いでたんだよ」

「それがすまねぇって面《つら》か？　餓鬼だから——片腕だからって大目にみやしねぇか

らな。さ、両手両膝をついてしっかり詫びな。おっと両手は無理な話か。なら片手で勘弁《げべん》してやらぁ」

下卑た笑いと共に放られて、地面に倒れ込んだ佐助はきっと男を見上げた。

「うん？　なんでぇその目は？　人並みに詫びることもできねぇのかよ？」

蹴《け》り飛ばそうとした男の足から逃れて佐助が飛び起きる。

が、逃げ出す前に男が再び、今度は佐助の右腕をつかんだ。

「放せ！」

おやめなさい――

そう凜が声を上げる前に、角を折れて来たばかりの影が叫んだ。

「放しやがれ！」

柊太郎であった。

駆け寄って来る柊太郎を見て、男は佐助を神田川の方へ突き飛ばした。

「わぁっ！」

音を立てて佐助が川へ落ちると同時に、柊太郎が男に組みつく。

「この野郎！」

「なんだ、小僧！」

「誰が小僧だ、莫迦野郎！」

男は柊太郎に任せて、凜は川を覗《のぞ》き込んだ。

「佐助さん！」

どうやら佐助は泳げぬようで、呼びかけに応えるどころか、もがきながら頭を浮き沈みさせている。

迷わず凜は飛び込んだ。

両腕で水をかいて佐助に近付くと、暴れる佐助を抱えて水面に浮かぶ。

喘《あえ》ぐように息を吸った佐助へ、凜は穏やかに言い聞かせた。

「平気よ。もう息ができるでしょう？　しばらくこのままじっとしていてね」

ぐったりとした佐助を抱いたまま大川の近くまで流されたが、行き交う舟がすぐに気付いて凜たちを引き上げてくれた。

船頭に礼を言い、川岸で二人して着物の袖やら裾やらを絞っていると、凜はふと佐助の股から足先へと血が伝っているのに気付いた。

「佐助さん、あなた——」

佐助がはっとするのと同時に、追って来た柊太郎の声が聞こえて、凜は慌ててかがんで袖で血を拭ってやった。

「おおい、無事か？」

「ええ、なんとか。——柊太郎さん。近くに部屋を貸してくれるお店はないでしょうか？　佐助さんがちょっと怪我したみたいなんです」

「そうなのか？　よし、待ってろ」

柊太郎が近くの茶屋に話をつけてくれ、凜と佐助は「手当て」と称して座敷にこもった。

二人きりになると、凜は囁き声で佐助に問うた。

「佐助さん、あなた女の子だったのね？」

「うるせぇ、莫迦野郎」

佐助はすぐに言い返したが、いつもの勢いはない。

水中で抱きかかえた時にもしやと思ったが、先ほど血を見て確信した。

女児ゆえに湯屋や手習いを避け、凜を遠ざけようとしてきたのだろう。

「月のものがきたんでしょう？」

「うるせぇや」

更に弱々しく応えて佐助はうつむいた。

「私は向こうを向いているから、これでなんとかするといいわ」

丁字帯はないものの、茶屋に都合《つごう》してもらった手拭いと襷を差し出すと、佐助は渋々帯を解き始めた。

凜の背後でごそごそしながら、今度は佐助が問うてくる。

「お凜さん、あんた本当は泳げるんだろう？」

「いいえ」と、凜は嘘をついた。「飛び込んだのはとっさのことよ。舟がすぐに来てくれて助かったわ」

「嘘つき。先生に取り入るために泳げない振りをしたんだろう？」

「佐助さんはどうして男の子の振りをしているの？」

佐助の慧眼《けいがん》に内心感心しながら、凜はまぜっ返した。

「……あの日、おれは逃げて来たんだ。火事で腕を失くした日……」

つぶやくように佐助は応えた。

「どうしても帰りたくない、あすこに戻されるくらいなら舌を嚙み切って死んだ方がましだって言ったら、先生が家にいていいって言ってくれた」

どこから逃げて来たのかまでは明かさなかったが、よほどひどい目に遭ったのだろう。

十かそこらの子供が、自死を選ぼうとするほどの……

追手を恐れて、佐助は千歳のもとでは男児として暮らすことにしたらしい。

――そろそろあいつもなんとかせねばと思っていたんだ――

千歳があぁ言ったのは、いずれ誤魔化《ごまか》せぬ時がくると判っていたからだ。

「先生はおれの命の恩人だ。だからあんたが先生に害をなすようなら――邪《よこしま》な思いで先生に近付いたってんなら――おれはあんたを許さない。その化《ば》けの皮、必ず剝がしてやるからな」

そう言って佐助は凄《すご》んでみせたが、所詮《しょせん》まだ十二歳の子供である。

処置を終えて再び濡れた着物を着直した佐助と、凜は真っ向から向き合った。

「私にも人には言えない秘密があるけれど、先生と佐助さんには心から感謝しています。お約束します。けしてお二人に害をなすような真似《まね》はいたしません」

「ふん」

佐助はそっぽを向いたが、声は和《やわ》らいだように思えた。

表に出ると、縁台《えんだい》にいた柊太郎が立ち上がった。

「怪我はどうだ？」

「大したこたねぇよ。お凜さんは大げさなんだよ」

「そうか。あの野郎はきっちりのしてやったからな」

「そうなんですか？」

半信半疑で問うた凜へ、柊太郎は得意げに胸を張った。

「たりめぇよ。この俺を小僧呼ばわりしやがって――向こう脛《ずね》を蹴りつけてやったら、転がってひいひい泣いてたさ」

泣いていたというのは大げさでも、やり込めたのは嘘ではなさそうだ。

「柊太郎はこう見えて頼りになるからな」と、佐助。

「そうともさ。――うん？　『こう見えて』たぁ、どういうことだ？」

「小僧みてぇな面をしてでもってことさ」

「てめぇ、恩を仇で返しやがって」

ひひっと笑った佐助に、柊太郎はそれこそ小僧のように頰《ほお》を膨《ふく》らませた。

「……柊太郎さんはどうしてあそこに？」

「ああ、俺は今朝《けさ》先生の――つっても栗山先生じゃなくて、道場の先生の遣いで浅草に行ったんだ。帰りがけ、お凜さんが両国橋をこっちに渡って来るのが見えたからよ。声をかけようとしたら、佐助が後をつけてるじゃねぇか。そんで、なんだか面白そうだと俺も佐助の後を追ったのさ」

「そうだったんですか。助かりました」

「なんの、あれしき」

にっこりと目を細めた様は、まだ十代に見えなくもない。

噴《ふ》き出しそうになるのをこらえて、凜は佐助を促した。

「帰りましょう。まさかとは思うけれど、風邪を引いたら困るもの。お婆さんのところへはまた出直すことにします」

七日もすれば大暑《たいしょ》とあって陽気はいい。

髷も着物も一刻《いっとき》もすれば乾くと思われたが、月のものが始まった佐助を柊太郎と二人で深川へ帰すには不安があった。

千歳と親しい柊太郎なら、佐助が女児だと知っているのやもしれない。だが、月のものを男に知られるのは並の女でも気まずいものだ。

佐助の信頼を得るためにも、今日は共に帰った方がよいと判じて、凜は伊勢屋行きを諦めた。

六

川開きの翌日に、凜は再び千歳の許しを得て、浅草へ向かった。

此度は誰にも尾行されていない。佐助は千歳の伴をして日本橋の商家へ往診に行き、柊太郎はここしばらく用心棒の仕事で忙しくしている。

伊勢屋に行くと、凜は稲に頼んで台所を貸してもらった。

「水渇丸《すいかつがん》に馬銭子《まちんし》を仕込もうと思うのです」

「犬殺しか。ふ、ふ……」

目尻の皺《しわ》を深くして、稲は忍び笑いを漏らした。

水渇丸は喉《のど》の渇きを抑える丸薬で、甘草《かんぞう》、薄荷《はっか》、烏梅《うばい》、梅干し、茯苓《ぶくりょう》、何首烏《かしゅう》に葛粉《くずこ》と水を混ぜて練ったものだ。馬銭子は熱病や食滞《しょくたい》に効《き》く生薬だが、使い方次第で毒にもなるため調合が難しい。忍は毒として用いることが多く、焼飯に馬銭子を混ぜたものは「犬殺し」と呼ばれている。

「毒をただ含ませることはできませぬゆえ。水渇丸に混ぜ、薬として飲ませようかと。さすれば、しばし逃げる時が稼げましょうし、あいつには犬殺しで充分です」

兄の忠直はおそらく無理矢理毒を飲まされた。ならば、山口に毒を用いるのはいい意趣返《いしゅがえ》しになる。

「そうとも。仇が寝込んでいるとは幸いだったね。手討ちにならずに済むならそれに越したことはないからさ」

「ええ」

刺し違えてもという覚悟は変わらぬが、寝たきりの山口を見て欲が出てきたのは否めない。

この数年間、ずっと仇討ちとその先の死を覚悟しながら凜は修行してきたが、今になって己の内に再び生への執着《しゅうちゃく》が生じてきていた。

佐助さんとの約束を守るためにも、秘密裏に済ませられるならその方がいい——言い訳めいたことを考えながら、凜は水渇丸を練った。

材料をしっかり練り込むと、馬銭子を仕込む分を少しだけ取り分けた。三分《ぶ》ほどに丸めた毒入りの水渇丸を二粒作ると、残りは並の水渇丸として伊勢屋で売ることにして材料代と相殺《そうさい》する。

「もしもの時は仕方ないけど、無駄に命を落とすんじゃないよ」

「はい」

「首尾よくいったら、うちで働くといい。薬や毒を作れる者は重宝するからねぇ」

「その時は……どうぞよしなに」

束の間躊躇《ためら》ったのは、千歳や佐助が思い浮かんだからだ。

首尾よくことが運んだ折には、伊勢国に戻って要の行方《ゆくえ》を探してもよかった。

だが今はどことなく江戸の――深川の暮らしが離れ難く、そんな風に感じた己に凜はいささか驚いた。

――水無月《みなづき》に入り、凜は再び千歳と津藩の中屋敷を訪れることになった。

大暑から二日を経た五日の朝に、中屋敷から遣いが来たのである。

「川開きに出かけて怪我を負った者がいるのですが、傷口が膿んできたのです。それから暑気《しょき》あたりと思われますが、寝込んでいる者が幾人かおりまして……どうか先生にご足労《そくろう》いただきたく」

大暑はその名にふさわしい夏日となって、近所にも暑さに倒れた者がいた。

「他の約束がありますので、大分遅くなりますが？」

「構いません」

遣いの者が辞去すると、千歳は凜に支度をするよう言い付けた。

今日の往診は両国から向島《むこうじま》にかけて三軒あり、患者は全て町人だった。急遽《きゅうきょ》、凜と入れ替わりに留守番となった佐助はむくれたが、「饅頭《まんじゅう》でも買って来い」と千歳が小遣いを差し出すと、少しだけ機嫌を直して受け取った。

一人目の患者は、一之橋の南側にある弁財天《べんざいてん》の前の茶屋の女将だった。半月ほど前に転んで石で足を切り、千歳に縫合を頼んでいた。抜糸《ばっし》して膏薬《こうやく》を渡すと、今度は橋を渡ってすぐの、両国の元町にある料理茶屋に二人目を診に行った。患者は板前で、見習いが誤って落とした包丁が運悪く足に刺さってしまったという。血止めをする前に焼酎《しょうちゅう》をかけたのが功を奏したのか、腫《は》れや膿《うみ》はないものの、元通りに歩けるようになるまでには今しばらくかかりそうだ。

八ツを過ぎたこともあって、料理茶屋が甘酒を出してくれた。

「曇ってきたが、暑さは変わらぬな」

「ええ」

「まだしばらく歩くが……」

「平気です。私は丈夫なのが取り柄ですから」

「頼もしいな」

甘酒を飲み干すと、長居はせずに凜たちは更に北へと足を運んだ。

三人目は大川橋から二町ほど北東に位置する中之郷《なかのごう》瓦町《かわらまち》に住む老人で、柊太郎が通う剣術道場主の知己であった。先月、山口と同じく癪で倒れたそうだが、こちらは血色が良く、とどこおりなく回復しているようだ。

元町から中之郷瓦町まで四分三里ほどあるため、老人に暇《いとま》を告げた時には既に七ツに近かった。一刻ほどの間に雲はますます厚くなり、辺りは薄暗く、夕立の気配が漂《ただよ》っている。

「こりゃ、帰る前に一雨くるな」

「そうですね……」

大川橋を西へ渡ると、浅草広小路の人混みを避けるべく川沿いを少し南へ歩いて駒形堂《こまかたどう》を西へ折れた。三間町を伊勢屋を横目に通り過ぎ、菊屋橋《きくやばし》を渡ると新堀《しんぼり》沿いを南へ下ったが、浅草阿部川町《あべかわちょう》を通り過ぎた辺りで千歳が小さく溜息《ためいき》をついた。

「どうかされましたか？」

「うむ。ちと厄介なことになるやもしれん」

やや早足になった千歳に遅れまいと凜も足を早めた矢先、後ろから小走りに近付いて来る足音に気付いた。

振り向くと、二人の男が追って来る。どちらも地味な身なりをしているが、只者《ただもの》ではない目つきをしている。

「お凜さんは次の橋を渡って逃げてくれ」

「えっ？」

西側は連なる武家屋敷、東側は新堀である。

次の橋への一町半ほどを行く間に、新堀の向こうにも駆けて来る者を認めた。

堀向こうの者が橋を渡って来るのを見て、千歳が苦々しい声で言った。

「挟むつもりか。ならばお凜さんはこのまままっすぐ走れ」

「でも」

「でも糸瓜《へちま》もない。急げ」

橋を渡って来た男は袂を通り過ぎた凜へちらりと目をやったが、構わずに北へ折れて千歳に襲いかかった。

「先生！」

「いいから逃げろ！」

そう叫んだのは追って来た二人の男の、更に後ろから走って来た柊太郎だ。

柊太郎に気付いた男の一人が足を止めて、懐《ふところ》から匕首《あいくち》を出して抜いた。柊太郎はいつもと同じく一振り帯刀《たいとう》しているが、抜かずに男の匕首をよけ、手首をつかんで捻《ひね》り上げる。男は匕首は落としたものの、身体を捻って柊太郎の手から逃れると柊太郎と取っ組み合った。

　荷物を放り出した千歳は振り向いて、これも匕首を手にした一人目の男をいなしたが、背後には二人目の男が迫っていた。くるりと身体を回した千歳が二人目の男とつかみ合う間に、一人目の男が匕首を持ち直して立ち上がる。

　とっさに凜は足元に落ちていた石を拾った。

　一寸余りの石を、男の頭をめがけて投げつける。

　手裏剣とは勝手が違うが、うまいこと命中して男がうめいた。

「この尼《あま》！」

　振り向いた男が鬼の形相になって凜に向かって来た。

「大人しくしやがれ」

　人質にしようとでもいうのか、男は匕首をちらつかせたが、ここで捕まれば千歳の足を引っ張るだけである。今更逃げようにも、女の足ではすぐに追いつかれてしまうだろう。

　――けしてお二人に害をなすような真似はいたしません――

　佐助との約束を思い出して凜は男と対峙《たいじ》した。

「やろうってのか？　栗山の伴《ひらめ》だけあるな」

　にやりとして、男は匕首を閃かせた。

一閃、また一閃と、二度よけたものの、仕込み刃入りの笄の他、凜は武器を持っていない。よしんば仕込み刃を抜いたところで、匕首には到底太刀《たち》打《う》ちできぬ。更に繰り出された匕首から間一髪《かんいっぱつ》で逃れたところへ、鞘《さや》ごと飛んで来た刀が男の背中を打った。

男が振り向くと同時に、駆けつけた柊太郎が手刀で匕首を叩き落とす。

男の方が二寸ほど柊太郎より背丈があったが、匕首へ手を伸ばすべく男がかがんだ隙に柊太郎は男に組み付いて、なんなく男を後ろ手にして押さえ込んだ。

千歳の方を見やると、千歳もつかみ合っていた男を押さえ込んでいて、その向こうには柊太郎にのされたらしい男が転がっている。

凜が襷を渡すと、柊太郎は手際よく男を縛り上げた。

千歳が同じようにして二人の男を縛り上げる間に、ようやく阿部川町の方からぱらぱらと人がやって来た。

番人らしき男が近付いて来る前に、千歳が捕《と》らえた男の耳元で囁いた。

「……の手の者だろう？　やつはしくじりを許さぬぞ」

しかとは聞こえなかったが、千歳は男たちの雇い主に心当たりがあるらしい。

気を失ったままの男を除いた二人の顔がさっと青ざめた。

番人に問われて、男の一人が口を開いた。

「医者だと見込んで、ちょいと脅《おど》して金を都合してもらおうかと……」

明らかに命を狙われていたにもかかわらず、男たちの言い分に千歳は異論を唱えなかった。それどころか「いきなり襲われて驚いた」と、男たちに話を合わせる。

「幸い、伴の者が手練《てだ》れゆえに返り討ちにしてやりましたが、助手《すけて》に怖い思いをさせてしまいました。しっかり罰してくださいよ」

金品は取られていないが、追剝《おいはぎ》は獄門か死罪である。未遂《みすい》でも重敲《じゅうたたき》や入墨《いれずみ》など、それなりの咎めがあると思われた。

でも、本当は殺すつもりだった。

しかも三人がかりで——

番人が野次馬《やじうま》の助けを借りて三人を番屋にしょっ引いて行くと、凜は千歳と柊太郎を交互に見やった。

「先生はあの者たちの正体をご存じなのですね？」

「まあ、見当はついている」

「柊太郎さんは此度は偶然じゃありませんね？」

「此度も、だ」

応えて柊太郎は肩をすくめた。

「じゃあ、先日も？」

「ああ」

「うむ」

柊太郎と共に頷いて、千歳は言った。

「私は仇持ちなのさ」

「仇持ち？」

つまり千歳は誰かを殺し、誰かの恨みを買ったのだ。

「以前、患者を死なせてしまったことがあってな。家人《かじん》にずっと恨まれていて、いまだ時折こうして付け狙われることがあるんだ」

「患者を……」

「わざとじゃねぇ。逆恨《さかうら》みさ」

柊太郎はそう付け足したが、凜はどうも腑《ふ》に落ちない。

千歳が一体誰を殺《あや》め、誰から恨まれているのか興を覚えぬでもなかったが、隠しごとをしている身では問い質《ただ》すことはできなかった。

佐助もそうだったが、柊太郎も凜が新たな刺客《しかく》、もしくはつなぎ役ではないかと疑っていて、先日も実は初めから後をつけていたそうである。

「佐助までつけてたのには驚いたけどよ。あいつなりに先生を案じてのことさ」

「私は放っておけと言ったんだがな……だが、ここしばらく他出の度に、どうも嫌な気配がしたんで、この七日ほど柊太郎に用心棒を頼んでいたのだ」

　身を守るためというよりも、相手の隠れ家を突き止めるためだった。

「佐助かお凜さんを伴にしていれば、日中に往来で手出しすることはないと踏んでいたんだ。やつらが諦めて帰るところを柊太郎につけさせようと思っていたんだが、どうも甘かったな。危ない目に遭わせてすまなかった」

「いえ……」

「けどよ、お凜さん」と、柊太郎。「あんたも只者じゃあねぇな？　石っころといい、身のこなしといい、あんた一体何者なんだ？」

「さっきはただ必死だったのです」

　しれっとして凜は言い繕《つくろ》った。

「私は背丈があるので、そこらの女の人より多少は度胸があるやもしれません。でもそれだけですよ。親兄弟はとっくの昔に亡くしました。お金も身寄りも愛嬌もない、ただの振られ女です」

「ただの振られ女ねぇ……」

　にやにやしてから柊太郎が問うた。

「なぁ、お凜さん。そんなら俺と一緒《こ》《ご》にならねぇか？」

「お断りします。もう男の人は懲り懲りです」

「ちぇっ」

拗《す》ねた顔はしたものの、形ばかりのようである。

「まあいいや。おいおい惚《ほ》れてくれりゃあ……けど、ちっとは見直したろう？」

相手の男たちは二人とも柊太郎より大きかった。にもかかわらず、柊太郎は抜刀することなく一人で二人をやり込めた。腕に覚えがなければできないことである。

「ええ、まあ」

素直に頷くと、柊太郎は「へへっ」と目を細める。

「さ、急ぐぞ」

微苦笑を浮かべた千歳に促され、凜たちは一路、中屋敷へと向かった。

七

柊太郎は式台《しきだい》で待たせて、凜と千歳は十日前と同じく表座敷で怪我人を診た。

膿の手当てを終えてから、寝込んでいる者たちの部屋を順に回る。

遣いの者が言ったように皆どうやら暑気あたりのようで、人によっては千歳は按《あん》摩《ま》を施した。それぞれに蜆《しじみ》入りの味噌汁《みそしる》やら生姜湯《しょうがとう》やらを飲むよう言い付けてから、千歳は山口のところへ足を向けた。

表から問いかけるも応えはなく、千歳がそっと戸を開く。

山口は眠っていた。

土気色《つちけいろ》の増した顔が、死期が近いことを告げている。

「昨晩からずっと眠ったままのようです」

下男が言うのへ、千歳は山口の脈に触れながら囁き声で応えた。

「……もう、もって数日やもしれぬ」

「数日ですか……」

下男がつぶやく横で、凜は思わず眉根《まゆね》を寄せた。

ほんの数日ならば、己が手を下すまでもないように思われた。

だが一方で、やはり己の手で仕留めたいという思いが止められぬ。

許さない。

このまま安らかに、眠ったように逝くなど、けして――

懐に挟んできた毒入りの水渇丸を意識しながら、千歳の背後から凜は山口を睨みつけた。

自《みず》ら始末することが、要への恩返しになるようにも思えた。

「上屋敷にもそう伝えておくがよい。江戸にお身内はいないそうだが、今生《こんじょう》の別れを告げたいお方がいらっしゃるだろう。見舞いの方々が来る前に、少しお身体を清め、温めて差し上げたい。すまぬが屋敷の台所へ行って湯を沸《わ》かしてもらい、手桶に一杯ほど持って来てくれ」

「かしこまりました」

千歳の頼みを聞いて、下男が台所へ立った。

「湯が沸くまでしばしあろう。ちと、用足しに行って来る」

そう言って千歳も長屋を出て行く。

凛には千載一遇《せんざいいちぐう》の好機であった。

懐から油紙に包んだ毒入りの水渇丸を取り出して、凛は山口の顔を覗き込んだ。耳を澄まさねば判らぬほどに、山口の寝息は微弱だ。

だが生きている。

兄上を死に至らしめ、私から全てを奪ったこの男はまだ生きている……

「山口さま」

夕餉を前に湯屋にでも行っているのか、辺りに人気《ひとけ》は感ぜられなかったが、念には念を入れて囁き声で凛は呼んだ。

「喉が渇いておりませんか？」

山口はぴくりともせず、ともすれば既に死しているようにも見えて、凛は再び耳を澄ませた。

身体を起こせば山口も目覚めることだろう。先日のぼんやりとした様子からして、寝起きでなくとも水と共に水潟丸を含ませるのはそう難しくない筈《はず》だ。

忠直の死で一変したこの五年間が、走馬灯《そうまとう》のごとく思い出された。

自死とされた兄の絶望を湛《たた》えた死に顔。

かつてない悲嘆に暮れた母親の芹と妹の純。

僅《わず》かな家財道具しか持ち出せず、母娘《おやこ》三人で暮らした九尺二間。

純、そして芹の死。

そののちの叶屋での屈辱に満ちた日々――

――急がねば。

枕元の水差し代わりの徳利《とっくり》から猪口《ちょこ》へ水を注いだ。

油紙を開いて猪口の傍《かたわ》らに置くと、凜は山口の肩へ手を伸ばしたが、躊躇いから再び手を膝に戻す。

水潟丸が胃の腑で溶けて毒が染み出すまでしばしある。たとえ凜たちが辞去する前に効いたとしても、おそらく新たな癪で片付けられることだろう。

大丈夫。

きっとうまくいく――

繰り返し己に言い聞かせるも、何故《なぜ》か「万が一」が――口をへの字に結んだ佐助の顔が――ちらついて、凛は膝の上で拳《こぶし》を握り締めた。

ふいに頭上で小さな音がして、凛は天井《てんじょう》を見上げた。

ぱらぱらと雨が屋根を叩き始める。

「降ってきたな」

はっとして戸口を振り向くと、いつの間にか千歳が戻って来ていた。

「あ、あの」

とっさに水潟丸を手で隠した凛の傍らへ、千歳がすっと近付いて膝を折る。

「隠さずともよい。あなたは先だっても山口さまを殺めようとしていただろう?」

囁き声と静かな目を見て、凛は覚悟を決めて口を開いた。

「私は津から参りました。姓は石川。この男――山口成次は兄の仇にございます」

雨音が激しさを増す中、凛も囁き声で、兄が山口と竹内によって濡れ衣を着せられて殺されたことを、千歳に打ち明けた。

「兄が亡くなったのち、妹は病で、母は心労がたたって亡くなりましたが、殺されたも同然です。二人とも、兄の死に打ちのめされて命を縮めたのです」

「それであなたは、はるばる仇を討ちに江戸までやって来たというのか?」

「はい。ですが、まさかこやつが寝たきりになっているとは思いもよらず……」

「この者はもはや生ける屍《しかばね》だが……仇討ちなら止めはせぬ」

「えっ？」

驚いて凜は千歳を見つめた。

笑みこそないが、千歳の気はいつもと変わらず穏やかだ。

「毒など用いずとも、そこの手拭いで鼻と口を塞いでやればよい。また痛が起きたとでも口裏を合わせれば、私もあなたも罪に問われることはなかろう」

千歳の真意を量りかねて凜は問うた。

「……どうせ死に至る者だからですか？」

「いや」と、千歳はすぐさま打ち消した。「その歳で、女の身で、津からここまでたどり着くには並ならぬ苦労があったことだろう。これでも人を見る目には長《た》けているつもりだ。あなたが自らこの者を仕留めたいというのなら――それがあなたの真の願いならば――この栗山千歳、助太刀《すけだち》もやぶさかではない」

私の、真の願い……

山口の枕元ににじり寄ると、凜は徳利の傍《そば》にあった手拭いを手に取った。

手拭いを水で少し湿らせてから、身体を折り曲げて山口の耳元に口を寄せる。

「石川凜と申します。あなたが殺した石川忠直の妹です。津から兄の仇を討ちに参りました」

目蓋《まぶた》をぴくりとさせて山口が眉根を寄せた。

「お命……ちょうだいいたします」

山口はますます顔を歪《ゆが》めたものの、目を覚ました気配はなかった。

手拭いを片手に凜は束の間、苦悶《くもん》の表情を浮かべた山口の寝顔を眺めた。

こやつはもはや、生ける屍――

雨音に紛れて山口が微《かす》かにうめき声を漏らすのを聞いて、凜はそっと手拭いを徳利の傍へ戻した。

「……よいのか？」

要に問われた気がして振り向いたが、そこにいるのは千歳だけだ。

「はい」

頷いて凜は千歳へ向き直る。

「恩師曰く、人は眠っていても――今際《いまわ》の際《きわ》でも――存外耳は聞こえているそうでございます。残り数日でも、夢の中でも、仇持ちとしてこやつは一層死に怯《おび》えて過ごすことでしょう」

「恩師とな？」

「私に武芸と医術を教えてくださったお方です」

「……その者の名は？」

水溜丸を懐に仕舞い、両手を膝の上に置いてから凜は応えた。

「望月要と仰《おつしや》います。もしや、先生はご存じで？」

「やはりそうか」

「ご存じなのですね？」

身を乗り出した凜に、千歳は少しばかり目元を緩《ゆる》めた。

「あなたは要の亡き妻に面影《おもかげ》が似ている。それに橋の上で、身を投げる前に私の方を見ただろう？　要の知己だという確証はなかったが、何か思惑あってのことだろうと踏んでいた」

亡くなったおかみさんに似ていたから、要さんは私を助けてくれたのか……

先生もまた――

「初めから見抜いていらしたんですね」

「まさか仇討ちを企《たくら》んでいたとは思わなかったがな。佐助や柊太郎の勘もあながち外れていなかったということか」

「要さんは一年余り前、秘薬を貰いに医者の友人を訪ねると置文をして、行方知れずになりました。お医者さまにしてご友人というのは先生のことですね？　要さんは先生をお訪ねになったのでしょう？」

希望を込めて問うた凜へ、千歳は小さく首を振った。

「要とはもう何年も顔を合わせていない」

「では、他にも誰かお医者さまのご友人が……？」

「どうだろう？　わざわざそのような置文を残して行ったなら、要は十中八九、不治の病を患《わずら》っていたに違いない」

「不治の病を？　で、では要さんは、先生をお訪ねになる前にお亡くなりに？」

「おそらく。――あいつのことだ。死期が近付いていたのなら、初めから私を訪ねるつもりなぞなかっただろう」

「そんな」

「弱みを見せぬ男だった。殊に惚れた女には」

そう言って千歳は微かに笑んだが、凜は涙をこらえて唇を嚙んだ。

目を落として、しばし逡巡《しゅんじゅん》してから、凜は再び千歳を見つめた。

「おこがましい考えではありますが、私が医術を知っていたら――先生のように腕のある医者であったら、妹や母、要さんを助けることができたやもしれません。先生、私はもっと医術を学びとうございます。叶うならば先生の弟子《でし》として……それが今の私の、真の願いにございます」

両手をついて、凜は深く頭を下げた。

「……そうか」

つぶやきのごとき応えに顔を上げると、千歳は凜を見つめて付け足した。

「だが、医者は生かすのみならず……時には救いたくとも救えずに、殺してしまうこともあるぞ？」

「承知の上にございます」

背筋を正し、千歳をまっすぐ見つめ返して凜は言った。

「私も先生と同じく――仇持ちとなる覚悟はできております」

「頼もしいな」

くすりとした千歳は、やはりどこか要に似ていた。

八

やがて下男が桶を携えて戻って来ると、千歳は下の世話も含めて山口の身体に清拭《せいしき》を施した。

合間に山口は幾度か目を覚ましたが、終始朦朧《もうろう》としていて、うめき声は漏らしたものの言葉を発することはなかった。

式台に戻ると、柊太郎があくびをしながら立ち上がる。

「やっと片付いたか」

「うむ、やっとかたがついた。――待たせたな」

「ああ、待ちくたびれたよ」

「その分、薬礼を弾《はず》んでもらった。雨も小降りになってきたようだし、捕まえられたら深川まで舟で帰ろう」

「よしきた！」

中屋敷を出ると柊太郎が先導するように神田川に急ぎ、新《あたら》シ橋《ばし》の袂で空舟を一艘《そう》捕まえて話をつける。

雨は上がりつつあったが、じきに六ツになろうかという刻限だ。

薄暗い水面を眺めていると、向かいに座った柊太郎がにっこりとした。

「もしもの時は、俺が助けてやっからよ」

「……縁起《えんぎ》でもないこと言わないでください」

「そうですとも」と、船頭も頷いた。「あっしの腕を信じてくだせぇ」

大川に出る前に六ツの鐘が鳴ったが、この道二十年だという船頭の腕は確かで、行き交う舟の合間を縫い、両国橋、新大橋の下を抜けて、あっという間に永代橋の袂に着ける。

家に帰ると、診察部屋で寝転んでいた佐助が飛び起きた。

「遅かったじゃねぇかよぅ」

「すまん。なかなか面倒な患者がいたのだ」

命を狙われたなどとはおくびにも出さず、千歳は佐助に微笑んだ。

「ふうん……なんでぇ、柊太郎も一緒だったのか？」

「帰りがけにばったり会ってな」

「ふうん……」

訝《いぶか》しげに眉根を寄せた佐助へ千歳が言った。

「腹が減ってるだろうが、今少し待ってくれ。夏風邪は引きたくないからな。風呂を済ませたら、皆で蕎麦《そば》でも食いに行こう。その頃には雨も上がっているだろう」

「判った」

「あ、佐助さん、その前に……」

土間から広縁に上がると、凜は佐助の前で膝を折って両手をついた。

「どうか、私をここに置いていただけないでしょうか？　これからも先生や佐助さんのもとで医術を学びたいのです」

「な、なんでぇ、藪《やぶ》から棒に――」

「以前お約束したことは守ります。どうか、平《ひら》にお願い申し上げます」

凜が頭を下げると、佐助は「ふん」と鼻を鳴らした。

「どうせ先生はいいって言ったんだろう？　だったらおれに訊《き》くこたねぇ」

見上げると、佐助は恥ずかしそうにそっぽを向いた。

「それに……お凜さんには借りがあるからよ」

「ありがとう存じます」

「だから、礼を言われる筋合いなんてねぇんだよ」

佐助は頬を膨らませたが、照れ隠しのようである。

愛らしいこと――

そう思った途端にすとんと胸が軽くなった。

もう何年もこのように誰かを愛らしいと――愛《いと》おしいと思ったことがなかった。

驚いて胸に手をやった凜へ、柊太郎が朗《ほが》らかに言った。

「よかったな、お凜さん。これで俺も一安心だ」

「私もだ」

千歳がくすりとすると、佐助もようやく微笑を浮かべた。

九

二日後。

凜が薬味簞笥《やくみだんす》から生薬を集めていると、津藩中屋敷から、富岡八幡宮《とみおかはちまんぐう》参りのついでに寄ったと言う者が訪れて、千歳に山口の死を知らせた。

「先生がお帰りになった、その夜のうちにお亡くなりになりました。夜半《やはん》には大分うなされていたのが、丑三《うしみ》ツ刻《どき》にぱったりやんだそうで、隣りの者が明け方行ってみたところ、既に冷たくなっていらしたと聞きました」

「さようで」

土間で千歳が相槌を打つのを、凜は手を止めて黙って聞いていた。

山口が死んだ……

たった二日前のことだというのに、一月《ひとつき》も二月《ふたつき》も前のことに感ぜられる。

知らせた者が帰ってしまうと、凜は診察部屋から広縁の千歳を見やった。

「……やっと終わりました」

「うむ」

千歳が短く頷く先から、佐助が凜の手元を覗いて鼻を鳴らした。

「なぁにが『終わりました』だ。まだ始めたばかりじゃねぇか。ただ集めて終わりじゃねぇぞ。ちゃっちゃと先生の指示通りに調合してくれよ。薬を待ってる患者は山ほどいるんだ」

薬のことだと判っていても、思わず笑みがこぼれてしまう。

「終わり」じゃない。

まだ、始めたばかり――

苦界に落とされ、仇討ちを決意してから四年が経った。

要に拾われ、要を失い――三月《みつき》前に一人で江戸に出てきた。

栗山先生と佐助さんに出会ってもうすぐ二月《ふたつき》。「弟子入り」してからはたったの二日……

「何ににやしてんだよ？」

「おう、頼んだぜ」

「すみません。すぐに取りかかりますから」

ぞんざいな口調は変わらぬが、刺々《とげとげ》しさはすっかりとれた。

千歳と見交わして互いに微苦笑を漏らしたところへ、柊太郎が顔を出した。

「やあ、お凜さん。今日は薬作りかい？」

「ええ、まだまだ学ぶことがたくさんあります。柊太郎さんはこれから道場へ？」

「おうよ。俺もまだまだ修行しねぇといけねぇからよ」

というのはおそらく謙遜《けんそん》で、いまだ目にしていないが、千歳曰く、柊太郎は既に免許皆伝《めんきよかいでん》の腕前らしい。

また、これも千歳から明かされたことだが、千歳が柊太郎に贈った太刀《たち》は、その昔、要が打ったものだという。

――柊太郎の剣は要のそれによく似ている。ゆえに、柊太郎の方が私よりあの刀にふさわしいと思ってな――

要は刀匠にして剣士でもあった。凛に武芸を教えはしたものの、女が帯刀することはなかろうと、剣術を教えることはなかったが、要自身は日々の稽古をかかさなかった。千歳も剣術は一通り修めたが、要には敵《かな》わなかったそうである。

要さんの刀にふさわしい人……

刀と柊太郎の顔を交互に見やると、柊太郎が照れ臭そうに口角《こうかく》を上げた。

「なんだい、お凛さん？　まさか、お凛さんは剣術も会得《えとく》してるってんじゃねぇだろうな？」

「いえ……でも、それも一興やもしれません」

「一興って、お凛さん――」

「この際、剣術を学んでみるのもよいかと」

千歳が仇持ちならば、更なる武芸を身につけておくに越したことはない。

もう「一人」ではないのだから――

目を丸くしたのも一瞬で、柊太郎が破顔《はがん》した。

「そいつぁいい。俺が手取り足取り教えてやるよ」

「優れた剣士が優れた師範《しはん》とは限らないのでは？」

「そんなこたねぇ。俺ぁ道場では師範代を務めることもあるんだぜ」

「そうですか。では、そのうちお願いいたします」

「お、おう。任せとけ」

もっと渋ると思っていたのか、戸惑い顔になった柊太郎を佐助が笑った。

「あははは。お凜さんはなんでもこなす器用者だ。剣術もすぐに柊太郎よりうまくなるかもな」

「冗談じゃねぇ。多芸は無芸だ。いくら器用者でもこの俺よりうまくなるもんか」

「あははは。柊太郎は一芸――剣術しか取り柄がねぇもんな」

「なんだと、佐助、この野郎！」

二人のかけ合いと、佐助の無邪気な笑顔につい目頭《めがしら》が熱くなる。

そっと目を瞬《しばたた》いた凜へ、千歳が温かい笑みを向けた。

「剣術もいいが、まずは薬を頼むよ、お凜さん」

「はい、先生」

江戸は深川で、凜の新たな暮らしが始まった。

第二話　夏の鎌鼬《かまいたち》

一

万屋《よろずや》・伊勢屋《いせや》の座敷で、石川凜《いしかわりん》は少しばかりむくれて言った。

「お稲《いね》さんは、栗山《くりやま》先生のことを昔からご存じだったそうですね？」

「そりゃご存じだったさ。だから、お前さんに教えてやったんじゃないか」

凜が世話になっている町医者の栗山千歳《ちとせ》が、津《つ》藩の藩邸に出入りしていると教えてくれたのは稲である。ただしその口ぶりから、稲と千歳には面識はないものと思い込んでいたのだが、先だって千歳と話して二人が長年の知己《ちき》だと知った。

「そうだと判《わか》っていましたら、別の手立てを考えましたのに……」

千歳に近付くために凜は大川《おおかわ》で溺《おぼ》れる振りをして、あわや本当に溺れそうになったのだ。

「まずはお前さんのお手並みを——いや、お前さんを仕込んだ要《かなめ》の手並みを拝見したかったのさ。要も千歳も子供の頃から知っているからね。私はあの子らの伯母《おば》みたいなもんさ」

にやにやしながら稲は言ったが、千歳に近付けぬようでは、藩邸での仇討《かたきう》ちなど到底無理だと踏んでいたのだろう。また、凜がいくら言葉と証《あかし》——要の置文《おきぶみ》や懐《かい》剣《けん》など——を並べようとも、稲が己《おのれ》を信用するまで、しばし時がかかったに違いない。すぐさま助力を申し出たのは凜を探るためでもあったが、「遊び心」もなくはない。ずなかったようである。

「千歳がお前さんをどうするかにも、ちと関心があってねぇ」

ゆえに稲は、千歳にも何も告げなかった。

「なんにせよ、仇討ちが済んでよかったじゃないか。けれども、千歳の弟子《でし》になるとはねぇ……てっきり、うちで働いてくれるものと思って世話したのにさ」

「すみません」

「千歳もまた、よくよしとしたもんだ。でもまあ、判らないでもないか」

「……私が、要さんのおかみさんに似ているからですか？」

これもまた、先日知ったことだった。

凜の恩人にして恩師、刀匠《とうしょう》にして元伊賀者《いがもの》の望月《もちづき》要は千歳の友人であり、要の亡妻は凜によく似ていたそうである。稲が要や千歳を幼い頃から知っていたのであれば、要の亡妻のことも無論、見知っていたことだろう。

「ああそうさ。お前さんを初めて見た時は驚いたよ。すぐに別人だと判ったけれどね。歳《とし》や背丈もそうだが、気骨《きこつ》も、健勝《けんしょう》ぶりも大違いだもの」

驚いた、と稲は言ったが、初会でそんな素振《そぶ》りは微塵《みじん》も見せなかった。稲のことは、要から「知己」としか聞いていなかった。おそらく要と同じく元伊賀者——はたまた今も尚《なお》——だと踏んで凛は伊勢屋を訪れたが、稲の身の上はまだ何も知らぬ。

「あの……よもや要さんは、先生の恋敵だった——つまり、先生は要さんのおかみさんを好いていた——なんてことはありませんか？」

「うん？ ということは、千歳にそんな素振りがあるのかい？」

「いいえ、ちっとも」

「なら、それが答えだろうさ」

稲の台詞《せりふ》はもっともだ。見ず知らずの己を易々《やすやす》引き取ったのは、旧友の妻に似ていたからだと聞いて、ふと胸をよぎった疑問であった。だが、千歳と暮らし始めてこのかた、下心《したごころ》を感じたことは一度もない。

「ではやはり、私への温情は要さんへのご友情からでしょうか？」

凛の問いに、稲は「さあ？」とからかい交じりに首をかしげた。

「千歳に直《じか》に訊《き》いてみりゃいいじゃないか。訊けない事由《じゆう》があるのかい？ ああもしや、お前さんの方が千歳に惚《ほ》れちまったとか？」

「まさか」

「だが、要の女でもなかったんだろう？」

「違います」

「ははは、兎《と》にも角《かく》にも、その見目《みめ》姿にお前さんは助けられたね。これからはどうだかしらないがね」

にやりとしてから、稲は問うた。

「それで医者の修業は――栗山庵《くりやまあん》での暮らしはどうだい？」

「まずまずといったところです」

仇の山口成次《やまぐちなりつぐ》の死から十日が経ち、水無月《みなづき》は十五日になっていた。

千歳と相談して、凜は早速、清水柊太郎《しみずしゅうたろう》に剣術指南を頼むことにした。

柊太郎が通う佐々《さ さ》木剣術道場は、深川《ふかがわ》でも小名木川《おなぎがわ》より北側にある深川元町《もとまち》にあり、千歳も時折稽古《けいこ》に訪れるという。凜は他の剣術道場を知らないが、思っていたよりこぢんまりとした――栗山庵とそう変わらぬ大きさの――道場である。

道場主は佐々木仙蔵《せんぞう》という還暦《かんれき》に近い老人だ。五尺三寸ほどで、凜と同じくらい細身にもかかわらず、その昔は音に聞く名人だったそうで、今でも二十二歳の柊太郎と互角に打ち合う。面立《おもだ》ちのよい柊太郎もそうだが、温厚篤実《とくじつ》な佐々木も、剣を手にしていなければ剣士とはにわかには信じ難い。

「診察所や往診の手伝いがありますから、毎日とはいきませんが、三、四日に一度は道場に通うことにいたしました。幸い、素振《すぶ》りは土間でもできますし……」

もとは蕎麦屋《そばや》だったという栗山庵の土間は二十畳もあり、台所がある一画は二階がないため天井《てんじょう》が高い。

「ふ、ふ。女だてらに剣の稽古か……」

本日伊勢屋を訪れたのは、預けていた荷物を引き取るためだ。

稲が奥から持って来た行李《こうり》は、女の旅人のものにしては重さがある。要の家から持ち出した懐剣と手裏剣《しゅりけん》、角手《かくて》が入っているからだ。

「このお礼はいずれ必ず」

「いいさ。要のことを知らせてくれたんだ。それだけで充分さ」

「しかし」

「いいから。まずは貸し借りなしとしようじゃないか。——にしても、この世は持ちつ持たれつだ。何か頼みごとができたら知らせるよ。お前さんもまた何かあったら——そうでなくとも——いつでも訪ねておいで」

「ありがとうございます」

頭を下げて、凛は伊勢屋を後にした。

二

両国橋《りょうごくばし》を渡って、大川の東側から深川へ帰ると、上之橋を渡ったところで七ツの鐘を聞いた。

「ただいま帰りました」

土間に足を踏み入れると、声を聞きつけた佐助《さすけ》が診察部屋から顔を出す。

「お帰り。あのよ、言われた通り、茗荷《みょうが》と茄子《なす》、買っといたからな」

「ありがとう、佐助さん」

出かける前に、振り売りが来た時の買い物を頼んでいたのだ。

路上で因縁《いんねん》をつけられて神田川《かんだがわ》へ落とされた佐助を助けたこと、また、居候《いそうろう》から千歳の弟子になったことで、佐助とは大分打ち解けてきた。殊《こと》に凜が支度《したく》する食事は前々から気に入っていたらしく、むすっとして黙々と箸《はし》を動かす代わりに、喜びを露《あら》わにしてくれるようになったのが凜には嬉《うれ》しい。

半刻《はんとき》ほどして最後の患者が帰ると、凜は千歳と湯屋《ゆや》へ向かう道中で声を潜《ひそ》めた。

「お稲さんのところから、荷物を引き取って参りました。要さんの家から持って来た武器もありますが、いかがいたしましょう？」

「いかがいたしましょう、とは？」

「懐剣は護身用に手元に置いておきたいのですが、手裏剣や角手は先生のお手元にあった方が役立つのではないかと」

「お凜さんは、それらの使い方を要から習ったんじゃないのか？」

「ええ、一通りは。ですが、付け焼き刃の修行ですし、江戸では稽古の場もありません。それに、狙《ねら》われているのは先生です」

医者になれば、己もいずれ千歳のように仇持ちとなる日がくるやもしれない。しかし、今の凜はただの習い始めの弟子である。

「だが、せっかくの腕前がもったいないな。佐々木先生に頼んでみようか？　私も時折——寄り合いや他出《たしゅつ》の折に——あそこでいろんな稽古をさせてもらっているんだ。慣れたら、うちの土間でも構わんよ」

千歳の申し出はありがたいが、道場で忍《しのび》の武器の稽古をするとなると柊太郎に、栗山庵の土間でとなると佐助に己の身の上を明かさねばなるまい。

稲や千歳にさえ、津藩の武家の娘であったこと、兄が殺され家が取り潰《つぶ》されたこと、と、兄の仇を討ちに江戸まで出て来たことは話したものの、仇に犯され、苦界《くがい》に沈められたこと、要に身請《みう》けしてもらったことは打ち明けていない。要とは「縁あって知り合った」としか告げておらず、二人からは深く問われていないが、好奇心旺《おう》盛《せい》な柊太郎や佐助に身の上を明かせば、余計な詮索《せんさく》を受けそうである。

黙り込んだ凜の迷いを見て取ったのか、千歳が再び口を開く。

「柊太郎や佐助は、私にはいまや身内も同然なのだが、お凜さんが気が進まぬようなら、無理に身の上を明かすことはない。かくいう私も、二人に話していないことや、二人から聞いておらぬことが山とある。身内と思えばこそ話せることもあれば、身内ゆえに話し難《にく》いこともあるものだ」

でも、いつまでも隠し通せることじゃない……

千歳のもとで医術を学ぼうと決心したのだ。ならば、千歳はもちろんのこと、同じく一つ屋根の下で暮らす佐助や、千歳が仇持ちだと知っている柊太郎には己の身の上を明かすのが筋《すじ》だと思いつつ、やはりまだ躊躇《ためら》いがあった。

「無理強《じ》いはせん。その代わりといってはなんだが、佐助の身の上も、無理に探るような真似《まね》はしないでくれ」

念を押してから、千歳はやや困った笑《え》みを浮かべた。

「佐助にはまだ、先日の出来事にかかわることを明かしていない」

「そうなんですか？」

「うむ。患者やその身内の逆恨《さかうら》みは稀《まれ》にあることなのだが、先日襲って来た者どもは、かつての仲間の手下《てか》だと思われる」

――……の手の者だろう？　やつはしくじりを許さぬぞ――

そう囁《ささや》いた千歳の言葉から、千歳は曲者《くせもの》の雇い主に心当たりがあるのだろうと踏んでいた。

「その者の――仮に太郎と呼ぶが――身内を私は救うことができなかった。だが私は太郎とは、さきおととし、けりがついたと思っていたのだ。太郎が何ゆえ今になってまたことを蒸し返そうとしているのかは、別の仲間に探りを入れるよう頼んである。太郎はこれまで、市中の女子供を荒事《あらごと》に巻き込むことはけしてなかった。太郎がお凜さんのことや、要とのつながりを知っていたとは思えん。知っていたなら、あなたには手出しさせなかったに違いない。何か誤解があるのやもしれないが、お凜さん、もしもまたあのようなことが起きたら、次は迷わず逃げてくれ」

新堀《しんぼり》沿いで襲われた際、凜は千歳を助けるために曲者へ石を投げた。そののち凜へ向かって来た曲者は柊太郎が捕《と》らえたが、千歳や柊太郎など腕に覚えのある者にとっては、下手《へた》な手出しはかえって足手まといになりかねない。

「判りました。

次はそういたします。また、もしも佐助さんが傍《そば》にいたら連れて逃げます。佐助さんはその……伊賀の方ではありませんよね？」


泳げぬことを始め、佐助が伊賀者――忍――とは思えず、凜は問うた。

「そうしてもらえると助かるよ」と、千歳は微笑《ほほえ》んだ。「お凜さんの言う通り、あいつは一族とはかかわりがない。私の出自《しゅつじ》は話してあるが、それだけだ。だが太郎のことは、委細《いさい》次第ではあいつにも打ち明けねばならぬだろう。――もちろん、あなたにも」

千歳と太郎のかかわりは無論のこと、佐助の過去にも多分に興味がある。だが、己も秘密を抱える身であるゆえ、千歳に言われるまでもなく、無理に聞き出すようなことはすまいと決めていた。

長風呂の千歳を置いて先に戻ると、戸口の前で柊太郎にばったり出会った。

「やあ、お凜さん。今日も飯《めし》、いいかい？」

襲撃《しゅうげき》よりこのかた、柊太郎は二、三日に一度、夕餉《ゆうげ》に顔を出すようになった。千歳を案じてのことらしいが、同じ道場に通うようになった気安さもあるようだ。

凜が応《こた》える前に、引き戸が勢いよく内側から開かれて、佐助が顔を覗《のぞ》かせた。

「駄目《だめ》だ！　そう何度もただ飯は食わせねぇぞ、厚かましい。今日は駄目だ」

「つれねぇこと言うなよ、佐助」

「帰れ、帰れ」

「そうか？　今日はただ飯食いじゃねぇぜ。豊正《とよまさ》の竹輪《ちくわ》を持って来たんだが」

「豊正の……よし、入れ」

一転して、だがふんぞり返って招き入れた佐助を見て、凜は思わず柊太郎と顔を見合わせてくすりとした。

「豊正ってのは両国の蒲鉾屋《かまぼこや》で、やつの贔屓《ひいき》さ」

「覚えておきます。ありがとうございます」

囁き声で凜が礼を言うと、柊太郎は嬉しげに目を細めた。

台所には蕎麦屋だった名残《なごり》のかまどが三つあり、これらは煎《せん》じ薬や薬草の乾煎《からい》りに役立っている。

茗荷と茄子の味噌汁《みそしる》に取りかかる前に、凜は米を水に浸《ひた》した。柊太郎が一緒となると、残りの冷や飯ではとても足りぬからである。

柊太郎の手土産《てみやげ》の竹輪を切り分けると、醬油《しょうゆ》の他、刻んだ紫蘇《しそ》と梅干しを和《あ》えたものも添えてみた。千歳は二階の一部屋で主だった薬草を育てており、紫蘇もその一つで摘《つ》み立てだ。

千歳の帰宅を待って皆で膳を囲むと、佐助が早速竹輪を口に運んで舌鼓を打つ。

「旨《うま》い。梅と紫蘇も旨い」

「味噌汁もな」と、柊太郎。「お凜さん、お代わりいいかい？」

「柊太郎のは茗荷だけな。おれもお代わりするんだからな」

再び凜より先に佐助が応える。茄子も佐助の好物なのだ。柊太郎に「帰れ」と言ったのも、茄子の分け前が減るのを恐れてのことだったようである。

「承《うけたまわ》りました」

凜の応えに柊太郎は眉尻《まゆじり》を下げ、千歳は小さく噴《ふ》き出した。

「なら、私も茗荷だけのお代わりをもらおうか」

「先生はいいんだよ」

「ちぇっ。俺は竹輪を持って来てやったじゃねぇかよぅ」

「ふん。大方、佐々木先生への差し入れのおすそ分けだろう」

「む……」

——先生はおれの命の恩人だ——と、佐助は言った。

——どうしても帰りたくない、あすこに戻されるくらいなら舌を噛《か》み切って死んだ方がましだって言ったら、先生が家にいていいって言ってくれた——とも。

左腕がない佐助は碗《わん》が持てぬ。ゆえに佐助の膳《ぜん》は並の箱膳ではなく、千歳があつらえた脚高《あしだか》のものだ。

一体、この子の身に何があったのか——

佐助の過去もそうだが、柊太郎のことも凛はろくに——独り身の浪人《ろうにん》剣士であることしか——知らぬままである。

十日前の妻問《つまど》いは冗談だとしても、柊太郎が多少なりとも凛に好意を抱いているのは明らかだ。だが、色恋沙汰《ざた》を避けたい凛としては、深入りせぬ、させぬためにもこちらから身の上を問うような真似はしていなかった。

土間に下りて、千歳と柊太郎の椀に味噌汁のお代わりを注《つ》いで戻ると、柊太郎の飯碗が空《から》になっている。

「ご飯もお代わりなさいますか？」

「う、うん」

遠慮がちに碗を差し出した柊太郎を、佐助がじろりと睨《にら》みつける。

ふと、二人の姿が想い出の中の兄妹と重なった。

殺された時、兄の忠直《ただなお》は二十四歳で、壮健《そうけん》な若者らしく、十七歳だった凜の二倍も三倍も飯を食べた。兄が死した前日も、次々とお代わりをする忠直を、父親が好んでいた「勤倹《きんけん》質素」という言葉を引き合いに、妹の純《じゅん》が睨みつけたものである。

見目姿は柊太郎も佐助も、兄妹にはまるで似ていない。忠直は柊太郎より三寸は背が高く、純は佐助よりずっと女らしかった。

それでもこみ上げてきた思いに、凜は微《かす》かに眉根を寄せた。

「お凜さん?」

「すぐにお持ちしますね」

柊太郎から碗を受け取ると、凜はうつむき加減に再び土間へ下りた。

三

翌朝。

両国の料理茶屋・覚前屋《かくぜんや》から、女将《おかみ》の仙《せん》が直々《じきじき》に栗山庵を訪ねて来た。

三十代半ばと思《おぼ》しき仙は、若き日はかの「笠森《かさもり》お仙」と張り合えただろう、細眉にぽってりとした唇《くちびる》が愛らしい美人だ。

覚前屋には、十日余り前に板前の金瘡《きんそう》のために往診していた。もしや傷が悪化したのかと思いきや、此度《こたび》は仙の息子の由太郎《よしたろう》がここしばらく、頭痛や吐き気を訴えて床《とこ》に臥《ふ》せっているという。

「暑気《しょき》あたりだと思っていたのですが、今日で八日目になるというのに一向によくならず、痩《や》せていくばかりでして……」

「息子さんは確か、おれより少しだけ年上だったよね？」

患者を診《み》ている千歳に代わって、診察部屋と土間の間の広縁に仙を促しながら佐助が問うた。

「十四歳です」

「十四ならまだ子供の内だよ。先生じゃなくて、小児医に頼みなよ」

台所で薬湯を作っていた凜が振り向くと、ぞんざいな物言いの佐助に仙がむっとしたのが見える。

十四歳ならば武家だと元服《げんぷく》前で、子供といえないことはない。だが、男児はそうでもないが、女児なら身体《からだ》つきは大人と変わらぬ者もざらにいる。

「小児医の先生からは、暑気あたりなら生姜湯《しょうがとう》や蜆汁《しじみじる》を飲ませてみろと言われてそうしましたが、これらでさえ吐き出してしまうことが多く……そののち、五苓散《ごれいさん》を出してもらったものの、効《き》いているとは思えません。そしたら照芳《てるよし》さんが、栗山先生を頼ってみたらどうかと仰《おっしゃ》ったのです。先生のおかげで、友蔵《ともぞう》は日に日によくなっております。どうか、由太郎も診てやってくださいまし」

佐助の後ろの診察部屋の千歳に語りかけるように、身を乗り出して仙は言った。

照芳は年寄《としより》――「年寄株」を持ち、相撲《すもう》部屋を営《いとな》む者――にして、両国の顔役でもある。板前の友蔵の金瘡を、千歳に診せるよう覚前屋に勧めたのも照芳だった。

「先生？」

佐助が声をかけると、衝立《ついたて》の向こうから千歳が応えた。

「見立てに一分《ぶ》でもよろしければ、夕刻お伺いするが、いかがでしょう？」

友蔵の往診は治療を含めて一分だったから、見立てだけで同じ値というのは、随分高い薬礼《やくれい》だ。

仙も驚きを顔に浮かべたものの、ひとときと待たずに頷《うなず》いた。

「判りました。何卒よろしくお願い申し上げます」

町家への往診の伴は佐助が担《にな》っているのだが、此度は「子守りはお凛さんに任せるよ」と一蹴《いっしゅう》した。

栗山庵で暮らし始めて二月《ふたつき》になる。薄々気付いてはいたが、佐助は赤子《あかご》や子供が苦手らしい。柊太郎が住む裏長屋の子供も含めて、佐助が近所の子供たちと触れ合う姿は見たことがない。

片腕ゆえに、からかわれたり、憐《あわ》れみの目を向けられたりするのが煩《わずら》わしいのやもしれない。はたまた、実は女児だと悟られぬためやもしれないが、なれば赤子にまでそっけないことが凜には解《げ》せぬ。

七ツ過ぎに最後の患者を送り出し、佐助の夕餉のために近所で煮物を買って来てから、凜は千歳と覚前屋へ向かった。

中之橋、上之橋、萬年橋《まんねんばし》と北へ歩き、一之橋《いちのはし》を渡ったところで六ツを聞いた。

料理茶屋の覚前屋は夕刻からが稼ぎ時だ。店主や女将を始め、奉公人《ほうこうにん》も皆大忙しだが、千歳が名乗ると番頭がすぐさま奥へと通してくれた。

座敷で待つことしばらくしてから、仙がやって来て凜たちを二階の由太郎の寝間《ねま》へといざなう。

——が、肝心の由太郎は頑《がん》として診察を拒《こば》んだ。

「お帰りください。私は平気です」

「平気なものですか」

「医者などいりません」

「由太郎！」

襖《ふすま》越しにたしなめてから、仙は襖を開いた。

六ツを過ぎた部屋は薄暗い。想像していたほどではないものの、汗や吐瀉物《としゃぶつ》の臭《にお》いが千歳の後ろにいた凜にも嗅《か》ぎ取れた。

由太郎は芋虫《いもむし》のごとく掻巻《かいまき》に包《くる》まっていて、顔を見せようともしない。

「今日は、深川の栗山先生に来ていただいたのですよ」

「結構です。お帰りください」

「いい加減になさい！」

仙が剝《は》ぎ取ろうとした掻巻に、由太郎は必死にしがみつく。めくれた掻巻から寝《ね》間着姿《まきすがた》の背中が見えたが、手足は無論、寝間着越しにも痩せた身体が見て取れた。

仙と共に、由太郎をなだめるべくにじり寄った千歳が触れた手を、由太郎は邪険《じゃけん》に払い除《の》けた。

「放っといてくれ！」

伸びた爪が千歳の腕をかすめて、浅く傷付ける。

「先生！」

うっすら滲《にじ》んだ血を見て凜が声を高くすると、由太郎はようやくこちらをちらりと振り向いた。

目が合ったのもほんの一瞬で、すぐに掻巻をかぶり直して背を向ける。

「無理強いするつもりはなかったのだが……すまない」

　謝りつつ、千歳は凜を手招いた。

「しかし、お前さんはとても平気とはいえんよ。——この人は私の弟子のお凜さんだ。私が気に入らないようなら、お凜さんに診てもらうのはどうだね？」

「……結構です。お引取りください」

「汁物も吐き出してしまうとお聞きしました」

　先ほど一目だけ見た顔を思い出しながら、凜は口を挟《はさ》んだ。

「頭痛もするとか。他に、目眩《めまい》や身体の痛みはありませんか？」

「ありません！」

「吐き気と頭痛はまだ続いているのですね？」

「……少しだけです。寝ていれば治ります。もう寝かせてください。放っといてください。帰ってください……」

　嗚咽《おえつ》交じりの声を聞いて千歳は、凜と仙に首を振った。

　座敷へ戻る途中で、仲居が仙を呼び止めた。

　得意客が来ていると聞いて、仙は凜たちへ頭を下げる。

「すみません。ご挨拶《あいさつ》を済ませたら、すぐに戻りますから。どうぞ、夕餉を召し上がってくださいまし」

代わりに仲居が凜たちを座敷へいざない、急いで膳を運んで来る。

「あの……若さま――由太郎さん、よくなりますよね……？」

「まだなんともいえんが、心配かね？」

「あたり前です」と、三十路《みそじ》に近い仲居は痛ましげに眉根を寄せた。「あんなにお痩せになって……急なことで、みんな案じております」

「さようか」

相槌《あいづち》を打ってから、千歳は微笑した。

「店では皆、由太郎さんを『若さま』と呼んでいるのかね？」

「え、ええ。もう『ぼっちゃま』というお歳でもありませんし、『若旦那《わかだんな》』と呼ぶには早いと由太郎さんご自身が仰いまして。それで『若さま』になったのですが、今度はお武家でもないのに恥ずかしいと……ですから、表向きは『由太郎さん』とお呼びしておりますが、私どもにとっては大事な若旦那さまですから、内輪《うちわ》ではまだ『若さま』と」

大げさではあるものの、先ほど垣間見《かいまみ》た由太郎は、やつれていても、母親似の細眉に、これは父親似か、きりっとした目鼻立ちをしていた。聞けば、由太郎は仙が嫁いで四年ののちにようやく授かった、覚前屋の一粒種だそうである。

「とはいえ、旦那さまも女将さんも甘やかすことなく、また由太郎さんもほんに賢くお優しいお子さまで……これで覚前屋も安泰《あんたい》だと、みんなして喜んでおりましたのに……」

「皆というのは本当に皆か？　由太郎さんを恨《うら》んだり、憎んだりしている者に心当たりはないかね？」

「とんでもない！」

「ならば、旦那さんや女将さんは？」

「とんでもありません。お二人ともよくできた方で、奉公人にも町の人にも慕われております」

「さようか。それならよいのだ」

穏《おだ》やかに千歳が頷くと、仲居は安堵《あんど》の表情を浮かべて座敷を出て行った。

「……誰かが、毒を盛ったとでもお疑いなのですか？」

「流石《さすが》、お凜さん。鋭いな」

「茶化《ちゃか》さないでください」

仇の毒殺を目論《もくろ》んだ凜である。千歳が仲居へ問うのを聞いて、すぐさま毒が頭をよぎった。毒といっても様々で、瞬時に死に至らしめずに、じわじわ効き目を現すものもある。

「今しがたの者が言った通り、覚前屋は旦那さんも女将さんも町での評判は高い。

殊に女将さんはああ見えて苦労人だそうで、美貌《びぼう》を鼻にかけることなく、働き者として知られている。旦那さんも十年ほど前に両親を相次いで亡くして苦労したが、奉公人や町の者の信頼は厚く、店を立派に切り盛りしてきたようだ。けれども、どんな善人も——はたまた善人ゆえに——妬《ねた》みや恨みを買うことがあるものだ」

「では」

「早計は禁物だ」

凛を遮《さえぎ》って苦笑を漏《も》らすと、千歳は箸を上げて凛にも促《うなが》した。

「だが、毒や暑気あたりとは思えんな……いや、もともとは暑気あたりだったとしても、先ほど触れた折に熱はなかった。取り乱しはしたが、言葉はしっかりしているし、まだああして暴れる元気があるのは何よりだ。目眩や他に痛みがないというのもな。頭痛も、食べられるようになれば少しはましになると思うのだが、食べられぬというのは困ったな」

「胃の腑《ふ》の病《やまい》でしょうか？」

「まあ、今少し、他の者に話を訊いてみようじゃないか。いや、まずは飯をいただこう」

番付でも高位の料理茶屋とあって、煮物や膾《なます》、焼き魚、漬物、吸物、白飯と、どれをとっても一味違う。吐逆《とぎゃく》を繰り返している由太郎に悪いと思いつつも、凛は千歳に倣《なら》って箸を動かした。

やがて戻って来た仙に問うてみると、由太郎は八日前、裏の長屋の者と連れ立って奥山《おくやま》へ出かけた折に倒れたという。

奥山は浅草寺《せんそうじ》の裏手にある、見世物《みせもの》小屋や屋台が立ち並ぶ盛り場だ。

「暑気あたりだろうと、しばらく辺《あた》りで休んで、人心地《ひとごこち》ついてから駕籠《かご》に乗ったそうです。ですが、帰った時もまだ大分青ざめた顔をしていて……」

「青ざめた顔？　とすると、足取りもおぼつかなかったのでは？」

「ええ。けれども、あの時も一人で平気だからと言って聞きませんでした」

「では、一人で歩けないほどではなかったのですね？　ちゃんと口が利《き》けて、話もできた？」

「はい。一人で寝間まで行って、汗をかいて気持ち悪いからとお湯を頼んで、お湯で身を拭《ぬぐ》った後に、寝間着に着替えて眠りについたので、私どもも一晩眠れば治ると思ったのです」

だが、翌日になっても由太郎は一向によくならず、「頭が痛い。吐き気がする」と寝間にこもりきりになった。

「ふむ。しかし、まったくの飲まず食わずでないのは、せめてもの救いだ」

「これではよくないと、あの子も判っているのです。生姜湯や蜆汁の他、粥《かゆ》や味噌汁などを口にしてはいるのですが、食べては戻し、食べては戻し……幸いうちは内《うち》後架《こうか》ですから外までゆかずに済みます。ただ、お客さまの手前もありますから、あの子も遠慮して寝間で桶に戻すことも」

内後架——屋内の厠《かわや》——は町家では贅沢《ぜいたく》の内だが、覚前屋のような大店《おおだな》かつ料理茶屋では珍しくない。大店ではないが、蕎麦屋だった栗山庵も内後架である。

仙から話を聞いて、由太郎が小児医の診察も断っていたことが判った。小児医は仙や奉公人から様子を聞き出し、五苓散を処方したそうである。

「それで、先生のお見立ては……?」

「触れさせてももらえぬのに、見立てろと言われても困りますな。けれども、薬礼分の仕事はしますよ。見立てを申し上げる前に友蔵さんと、もう一人、由太郎さんと一緒に奥山へ行ったという者と話がしたい」

四

板前の友蔵から、この八日間、由太郎が口にしたものを聞き出すと、凜たちは一旦覚前屋を出て、裏の長屋に住む岳哉《たけや》という男を訪ねた。

「よかった。お医者先生を呼んだと聞いたので、どんなものだか後で訊《たず》ねてみようと思っていたのです」

そう言って凜たちを出迎えた岳哉は、凜よりはやや年上の、二十代半ばと思しき美男であった。五尺七寸の千歳と同じくらいの背丈だが、千歳よりずっと色白ですらりとしていて、役者と名乗っても疑われまいと思われる。

「小児医の先生は追い返されたそうですが、先生はいかがでしたか？」

「似たようなものです。脈診もさせてもらえず、帰ってくれと言われましたよ。けれども、思ったよりはしっかりしていました。まだなんともいえませんが、あの調子なら今しばらくはもつでしょう」

「今しばらくは、ですか。それで、私に何用で……？」

「あなたには、八日前のことをお訊きしたい」

「私でお役に立てるのならば、なんなりと。狭いところですが、どうぞお座りください」

九尺二間《くしゃくにけん》の上がりかまちに促してから、岳哉は付け足した。

「女のお弟子さんとは珍しいですね」

こういった台詞や好奇の目にはもう慣れた。小さく会釈《えしゃく》を返すと、凜は慎《つつ》ましく千歳からやや離れて上がりかまちに腰を下ろした。

「今日もお伴は佐助さんではなかったのですね？」

この問いには千歳も不意を突かれたようだ。

「佐助をご存じで？」

「会ったことはありませんが、由太郎から話を聞きました。春にいらした折には佐助さんと一緒だったのでしょう？　歳が近いからか気になったようで、先だって友蔵さんを診にいらした時も、佐助さんが一緒かと思いきや、女の人だったのでがっかりしたそうです」

歳が近いというのは本当だが、実のところは片腕であることに興を示したのではないかと凜は思った。

「それはさておき」と、岳哉は続けた。「奥山でのことですが……」

「ああ、初めからお願いします」

「初めから？」

「お二人はよく一緒に出かけるのですか？　奥山に？」

「そうですね……由太郎は一人っ子ですから、私はどうも兄のように慕われておりましてね。湯屋や、橋向こうの広小路《ひろこうじ》までちょいとおやつをつまみに行くなんてのはしょっちゅうですが、奥山は二度目です。あとは芝居《しばい》や日本橋《にほんばし》など、月に一度出かけるか出かけないかといったところでしょうか。私と違って、由太郎は若さま修業に忙しいんでね」

「岳哉さんは粋人《すいじん》だと、女将さんからお聞きしました。雅号《がごう》が楽哉《がくや》で、皆には『楽さん』と呼ばれているそうですな」

「ははは、ただの道楽者ですよ。三味《しゃみ》に端唄《はうた》、笛に書、茶の湯なんかは心得がありますが、多芸は無芸、お金になるような腕前ではありません。楽哉の名は、岳の字と道楽者に引っかけてつけたものです」

聞けば岳哉は尾張国《おわりのくに》の出で、実家の呉服屋からの仕送りで暮らしているという。

「江戸へ出てきたのは二年前です。そう贅沢はできませんが、まあ、気楽に暮らしておりますすよ。――おっと、話がそれてしまいましたね。奥山行きは由太郎にねだられてのことでした」

奥山に新しい手妻師《てづまし》が来ていると聞いて、由太郎は折を見て、夕刻まで休みをもらうことにした。仙が奥山のような盛り場を嫌っているため、また、一人では心許《こころもと》ない上つまらぬと、自由の利く岳哉に同行を頼んだのだ。

朝のうちに両国橋から両国広小路、浅草御門《あさくさごもん》を通って雷門《かみなりもん》へ着くと、浅草広小路や仲見世《なかみせ》を覗いてから浅草寺に詣《もう》でて、奥山へ向かった。

「まあ、お決まりといっていい道のりです」

「道中、由太郎さんはいかがでしたか？」

「いつもよりははしゃいでいましたが、羽目《はめ》を外すような真似は何も」

倒れたのは目当ての手妻を見物してしばらくのことで、岳哉が近くの木陰に連れて行った。

「気を失ってはいませんでしたが、熱があって、汗もひどくて……こりゃ暑気あたりだと、水売りを探して水を飲ませて、湿らせた手拭いを当ててやりました。半刻ほどしたら顔色もまあまあよくなりまして、でも歩いて帰るのは難しそうだったので駕籠に乗せました」

「ふむ。話を聞く限りでは暑気あたりのようだが……倒れるまでに飲み食いしたものを教えてください」

「浅草広小路で心太《ところてん》を、仲見世で餅《もち》と饅頭《まんじゆう》を買って手妻を見ながら食べました」

「酒は？」

「由太郎はまだ酒の良さを知らんのですよ」と、岳哉は微苦笑を漏らした。「匂いも苦手《にがて》でね。ですから、私も茶で我慢しましたよ」

「では、飲んだのは茶と水だけ……？」

「ええ」

心太や餅、饅頭は容易《たやす》く傷むものではなく、岳哉もまったく同じものを飲み食いしていることから、食あたりではなさそうである。

「奥山で、何か不快なことはありませんでしたか？」

「不快なこと、とは？」

「たとえば、喧嘩《けんか》や言い争い、由太郎さんの同情を買いそうな見世物などです」

「ああ、なるほど……ですが、思い当たる節《ふし》はありません」

「さようか」

「さようです」

少しばかりおどけて岳哉は応えたが、すぐに沈痛な面持ちになる。

「由太郎はしっかり者ですが、まだ十四ですからね。私がもっと気を配っておくべきでした……」

うなだれた岳哉に暇《いとま》を告げて覚前屋に戻ると、千歳は仙に、己の見立ては「胃の腑の病」か「気鬱《きうつ》」だと告げた。

「気鬱、ですか……？」

仙は束《つか》の間《ま》訝《いぶか》しげな目をしたものの、千歳が明日、薬を届けると言うと、神妙に頭を下げた。

胃の腑の病はともかく、気鬱には凜も首をかしげたが、戻り道中で千歳は見立ての理由を明かした。

「食欲はあるようだからな。胃の腑の病だとすれば、当人の言う通り大したことはないのか、食べねば治らぬと無理矢理口にしているのか、今は判じ難い。だが、由太郎が正気なのは、あなたも見て取ったろう。歳の割にしっかり者のようだから、重い病なら自ら進んで医者にかかると思うのだ」

「ですが、気鬱というのは？」

「一口に気鬱といっても、病状は様々だ。由太郎は賢く、優しく、皆に好かれているようだからな。こういった者が思わぬ悩みを抱えていることは珍しくない」

「だから、奥山での出来事を問うたのですか？」

「うむ。由太郎は佐助が気にかかっていたようだ。もしも興ではなく同情を抱いていたのであれば、奥山でそういった者が見世物になっていたり、虐《しいた》げられているところを見聞きしたりして、気分を害したということも考えられる」

凜は奥山どころか見世物小屋を覗いたこともないが、稲から話は聞いていた。両国、浅草、上野などの広小路にも見世物小屋はある。だが洒落《しゃれ》っ気のあるまがい物や変わった動物など、他愛《たあい》ない見世物が主な広小路に対して、奥山では不具者や男女の営みを見せる小屋など、猥雑《わいざつ》な見世物がちらほらあるという。

「岳哉さんは、思い当たる節はないと仰っていましたが……」

「岳哉さんがそうとはいわんが、喜ぶ者がいるからつまらぬ見世物が絶えぬのだ。人の知覚はそれぞれだ。同じものを見聞きしても、分かち合うどころか、まったく異なる思いを抱くこともある」

低く冷ややかに、つぶやくように千歳は言った。

辺りはすっかり暗く、提灯《ちょうちん》で足元を照らしながら歩いていて、互いの顔はよく見えない。

凛が相槌を打つ前に、少しばかり明るい声で千歳は続けた。

「なんにせよ、由太郎はまだ食べようと――生きようと――している。およその病や怪我は食べて寝ることが肝要だ。なればまずは、食べて眠れるよう温胆湯《うんたんとう》でも飲ませてみるさ」

五

温胆湯は煎じ薬で、気鬱や不眠によく使われる。

竹茹《ちくじょ》、枳実《きじつ》、生姜、甘草《かんぞう》、陳皮《ちんぴ》、半夏《はんげ》、茯苓《ぶくりょう》……

凛が翌朝、千歳の指示に沿って生薬《しょうやく》を集めていると、柊太郎がやって来た。

「やあ、お凛さん」

「おはようございます。先生は往診で、昼過ぎまでお留守ですよ」

「知ってらぁ。お凛さんに会いに寄ったんだよ」

臆面《おくめん》もなく応えて、柊太郎はにっこりとした。

着流しではなく、袴《はかま》姿に要が打ったという太刀を差している。

「これから道場へ？」

「いんや、寝ずの番から帰って来たとこさ」

どうやら昨晩は、金蔵番《かねぐらばん》でもしていたらしい。道場で師範代を務めることもある柊太郎だが、浪人ゆえに、人足《にんそく》仕事や用心棒などをこなして暮らしを立てている。

「それはお疲れさまでございました」

「へへ」

照れた笑みを漏らしてから、柊太郎は誘った。

「なぁ、お凜さん。今日あたり稽古に行かねぇか？」

どのみち後で、覚前屋に薬を届けにゆかねばならない。届け物は主に佐助が担っているが、千歳は由太郎の様子見を兼ねて、此度は凜に頼んできた。

「そうですね。先生がお帰りになったら伺ってみます」

応えを聞いて、柊太郎が凜の顔をじっと見つめる。

「……佐助から聞いたんだが、昨晩、往診に出かけたんだってな？　先生と二人きりで？」

「ええ。柊太郎さんは、昨晩も夕餉にいらしたんですか？」

「う……だが、佐助の飯を横取りするような真似はしてねぇぞ。お凜さんがいないと知ってすぐに帰ったさ。俺ぁ、ただ――」

「ただ？」

「その……お凜さんはやっぱり、先生に気があんのかい？」

もしや、これを問うために先生がいない隙に来たのかしら……？

「――ご冗談にもほどがあります」

「けどよ、いくら行くあてがないからって、男所帯に世話になろうなんて、並の女は思わないだろう？　ああ、お凜さんが並の女じゃねぇのは承知してるがな。だったら、お凜さんも実はその――先生のお仲間なのかい？」

以前の己なら、きっと返答にまごついたことだろう。だが、遊女屋《ゆうじょや》・叶屋《かのうや》で一年余りも己を偽り、本心を隠して過ごした凜は、知らぬ振りを貫くべく、微かに眉をひそめて問い返した。

「お仲間、とは？　先生が仇持ちだということは、先日お伺いしましたが……」

改めてひとしきり凜を見つめてから、柊太郎はにっとした。

「とぼけ方もうまいもんだ。男に捨てられたってのも嘘だろうって、俺も佐助も踏んでいるんだが、どうだい？」

「嘘じゃありませんよ」

だって要さんは私を置いて、一人で行ってしまった――

ふいに、行方《ゆくえ》をくらます日まで、いつもとなんら変わらぬ様子だった要の姿が思い出されて、凜は一瞬目を落とした。

「ちぇっ。そんなにいい男だったのか？　一体どんなやつだったんだ？」

「どんな、と言われましても」

「いろいろあるだろう。背丈とか、歳とか、顔かたちとか」

好みの違いはあれどおよその女が美男と判ずるだろう柊太郎は、顔かたちはさておき、凜と変わらぬ五尺四寸という背丈と、同じく二十二歳という歳が気にかかっているようである。

内心くすりとしたのが伝わったのか、ややむくれて柊太郎は畳《たた》みかけた。

「ほ、他にもほら、火消しみてぇなやつとか、学者みてぇなやつとか、役者みてぇなやつとか……」

「剣術遣いのような方、とか？」

「うん？　そいつも剣術遣いだったのか？」

「ただのたとえですよ」

からかい交じりに応えて、凜は話をそらすことにした。

「そういえば昨日、役者のような方にお会いしました。私は本物の役者を見たことがないのでなんですけれど、色白で、目鼻立ちが優しくもきりっとしていて……ええと、錦絵《にしきえ》の市川團十郎《いちかわだんじゅうろう》のような、いえ、八百蔵《やおぞう》だったかしら？」

凜が昨日の往診をかいつまんで話すのをしばし聞いてから、柊太郎はどこかむくれたまま裏の長屋へ帰って行った。

由太郎のための温胆湯の他、頼まれた薬を調合していると、九ツが鳴る前に千歳が一人で帰って来た。

「お帰りなさいませ。早かったですね」

「うむ。どこも手間いらずでな。患者にも私にもよいことさ」

「佐助さんは？」

「じきに戻って来る。ちょいと足を延ばして、昼飯を買いに行ったんだ」

今日の往診は大川の西側で、銀座町《ぎんざちょう》から日本橋にかけての三軒だった。二人は昼餉《ひるげ》も外で済ませてくるつもりであったが、九ツ前に帰れそうだと知って、佐助は大伝馬町《おおでんまちょう》の蕎麦屋までひとっ走り、「おやき」を買いに行ったという。

「おやき？」

「信濃《しなの》国の饅頭でな。餡子《あんこ》の代わりに、蕪菜《かぶらな》やら茄子やらおからやらが入っているんだ。そこの蕎麦屋の店主は信濃の出で、店先でおやきも売っているんだよ」

「それも佐助さんの好物ですか？」

「ああ」

佐助さんは信濃の出なんだろうか……？

思い巡らせながら、凜は問うた。

「あの……柊太郎さんは、佐助さんが女の子だとご存じなのですか？」

「どうだろう？」と、千歳は苦笑を浮かべた。「佐助の身の上は、私も佐助もやつには話しておらぬし、問われてもない。だが柊太郎のことだ。とうに見抜いているやもしれんな」

「柊太郎さんは、先生が元伊賀者だとご存じですね。仇持ちであることも……けれども、柊太郎さんは伊賀の方ではない……」

柊太郎が伊賀者であれば、凜が「お仲間」かどうか知っている筈《はず》だ。

「先生と柊太郎さんは、どういったお知り合いなのですか？」

「柊太郎は私の命の恩人だ」

「柊太郎さんが？」

「ははは、そう驚くことじゃない。言ったろう？　あいつはああ見えて、免許皆伝の凄腕《すごうで》なんだ」

「それはお聞きしましたが……しかし、一体どういう」

「委細はあいつに訊くといい」

凜を遮って、千歳はからかい口調になった。

「あいつなら――お凜さんにならー―喜んで教えてくれるさ。あいつにも、お凜さんのことは自分で訊くよう言っておいたんだが、何か問うてきたかい？」

「ええ、先ほど少し、身の上なんかを。お答えせずにとぼけましたけれど」

「そうなのか。お凜さんは案外回りくどいな」

「回りくどいのは先生です」

「ははは」と、千歳は再び笑った。「柊太郎と知り合ってこのかた、あいつが女に惚れたところを見るのは初めてでな。つい、からかってやりたくなるんだ。だが身の上話や内証《ないしょう》ごとは、互いに誤解なきよう、直に話した方がよかろう」

「ええ、まあ」

道場行きの許しも得て、調合した薬を確かめていると、ほどなくして佐助が帰って来た。

凜が初めて食したおやきは蕎麦粉の皮に、蕪菜を胡麻油《ごまあぶら》と醬油、味醂《みりん》で炒めたものが入っていた。

「美味《おい》しい」

「そうだろ、そうだろ」

凜が口角《こうかく》を上げると、佐助も目を細めて喜んだ。

「お凜さんはさ、食ったことがねぇだろうと思ったんだよ」

「ええ。初めていただくわ」

「そうだろ、そうだろ」

佐助が弾《はず》んだ声で繰り返すのを聞いて、胸がじわりと熱くなる。

佐助がわざわざおやきを買って来たのは、好物であるということの他、凜に美味しいものを食べさせたい、自分の好物を——ひいては佐助自身を——知って欲しいという気持ちがあったからではなかろうか。

ちらりと見やった千歳が、凜の胸中を読んだかのごとく微かに頷いたものだから、凜はますます嬉しくなった。

二つ目のおやきの中身は、茄子と生姜と青紫蘇を、少々の赤唐辛子と味噌、胡麻油で炒めたものだった。

「ふふ、お茄子が入っているから、佐助さんはこちらの方が好きでしょう?」

「どっちもだ。おれはどっちも好きだよ」

「そう? 今度蕎麦粉を買って来て、うちでも作ってみましょうか?」

「作れるの?」

おやきを手にして佐助が目を丸くする。

「そっくり同じにはならないかもしれないけれど、料理は一通り習いましたから」

いつか、花嫁となる日のために——

無論、兄が死す前のことである。

今はもう、誰かに嫁《か》すことなど考えていない。だが、料理に縫い物、掃除、年中行事や武家の心得など、あれこれ手ほどきしてくれた母親の芹《せり》が思い出されて、凛の胸を締め付けた。

「お凛さん？」

「……お蕎麦も打てますよ」

「ほう。それは一度食べてみたいな」と、千歳が微笑む。

「では、おやきの次に。味は、あまりあてになさらないでくださいね」

凛たちがおやきで昼餉を終えたところへ、一眠りした柊太郎があくびをしながら再びやって来た。

六

「まったく、あのけちん坊め」

道場へ向かいながら、柊太郎が悪態をつく。

おやきは全部で十個あったが、三人が三つずつ食べた後、最後の一つは佐助が夕餉に食べるからと、頑として柊太郎に譲らなかったのだ。

「ああでも、握り飯は旨かったよ。ありがとさん」

「ただの残り物です。お粗末さまでした」

おやきで腹が満たされたため、昼餉にしようと朝のうちに握っておいたものを、おやきを食べ損《そこ》ねた柊太郎に出した。

「なんの。握り飯一つとっても、お凜さんの飯は旨いよ」

「そう持ち上げてくださらなくても結構です」

にっこりとした柊太郎が眩《まぶ》しく、凜はついそっけない応えを返した。

剣術の稽古より先に覚前屋へ薬を届けるべく、凜は新大橋《しんおおはし》が見えてきたところで柊太郎を道場へと促したが、柊太郎は覚前屋まで共に行くと言う。

「ついでに、弁財天《べんざいてん》の前の茶屋で一服しねぇか？　俺が馳走《ちそう》すっからよ」

「稽古の前に一服なんてとんでもありません」

「そんなら、稽古の後に道場の近くの茶屋にでも」

「届け物と稽古のための外出ですから、寄り道なんてもっての外《ほか》です」

「なんでぇ、せっかく二人きりだってのによ……」

柊太郎はぼやいたが、すぐに「まあ、いいか」と気を取り直して、今日の稽古について話し出す。

そのめげぬ姿に、凜が内心呆《あき》れを通り越して感心するうちに、覚前屋に着いた。

と、ちょうど長屋の木戸から岳哉が出て来て、凜を認めた。

「お凜さん。今日もいらしたんですね」

「ええ。薬を届けに」

「こちらのお方は……？」

柊太郎に気付いた岳哉が、会釈ののちに問うた。

「こちらは――」

なんと紹介したものか迷った凜より先に、柊太郎が笑顔で名乗る。

「俺は柊太郎。お凜さんとは道場仲間さ」

「道場というと？」

「剣術さ」と、柊太郎は己の腰の刀を顎《あご》でしゃくる。

「お凜さんは剣術もたしなまれるんですか？」

「まだ、習い始めたばかりだけどな」と、これも凜の代わりに柊太郎が応えた。

おしゃべりは柊太郎に任せて、凜は覚前屋の暖簾《のれん》をくぐった。

由太郎の具合は変わらぬようだが、昨日の今日だ。

「朝のうちに岳哉さんが井戸で冷やした瓜《うり》を持って来てくださって、少し口にしたのですが、やはり後で戻していました」

「由太郎さんは岳哉さんと、何かお話ししましたか？」

「いいえ」と、仙は頭《かぶり》を振った。「何度かお見舞いに来てくださっていますが、昨日のあの調子で、岳哉さんばかりか、他の友人にも今は会いたくないと……年頃ですから、みんなにみっともないところを見られたくないのでしょう」

「そうですね」

胃の腑の病だろうが気鬱だろうが、兄分として慕《した》う岳哉になら、打ち明けやすいように思われる。

でも……

――喜ぶ者がいるからつまらぬ見世物が絶えぬのだ――

――同じものを見聞きしても、分かち合うどころか、まったく異なる思いを抱くこともある――

千歳の推《お》し当てが正しければ、由太郎は岳哉にもがっかりしたに違いない。

仙に薬を渡して、凜は早々に腰を上げた。

表へ出ると、岳哉はまだ柊太郎と一緒に木戸の傍にいた。

二人きりではなく、女が一緒だ。

柊太郎は持ち前の人懐《ひとなつ》こさで愛想よく談笑しているが、岳哉はやや持て余した顔をしていて、凜に気付くと女を遮って、柊太郎より早く歩み寄る。

「楽さん、この方はどちらさま？」

岳哉を通り名で呼んだ女の目には、明らかな嫉妬《しっと》の色が窺《うかが》える。

おそらく二十歳《はたち》前で凜よりやや若く、背丈は三寸ほど低い。色白で、色艶《いろつや》の良い瓜実顔《うりざねがお》と勝ち気な瞳が愛らしい。

「柊太郎さんのお連れさんだ」

「ああ、そうでしたの」

安堵の表情を浮かべた女を、岳哉は促した。

「さ、早くゆかないと帰りが遅くなってしまうよ」

「ええ……」

名残惜《お》しげに女が両国橋の方へ行くのを見送りつつ、岳哉は肩をすくめた。

「やれやれ。では、私はこれにて」

困った笑みを浮かべて、岳哉は木戸をくぐって帰って行った。

「岳哉さんは、出かけるところだったのでは……?」

つぶやいた凜へ、柊太郎が頷いた。

「うん。浅草に行くつもりだったらしいが、気が変わったのか、出直すのか……どうも、おみなさんと一緒は気が進まねぇみてぇだな」

女の名はみなといい、竪川《たてかわ》の北側の、相生町《あいおいちょう》の表店《おもてだな》の娘であった。浅草まで遣いに行く道中で、岳哉と柊太郎を見かけて声をかけてきたという。

凛を一之橋の方へ促しながら、柊太郎は小声で付け足した。

「ま、岳哉さんなら女はよりどりみどりだろうけどよ。ぼんぼんだけあって、なんだかお高くとまってて、俺ぁどうも好かねぇな。おみなさんみてぇな娘を袖《そで》にするたぁ、もったいねぇ……」

自分とは異なる類《たぐい》にして、背丈もある色男への妬みもあろうと、凛は内心何やら可笑《おか》しい。

「あら、柊太郎さんは、おみなさんのような女性がお好みでしたか」

「お凛さんと知り合う前はな。今はお凛さん一筋《ひとすじ》さ」

こともなげに応えて、柊太郎はにっとした。

からかうつもりが、反対にからかわれたようで、凛はとっさに言葉に詰まった。

七

岳哉が栗山庵へ現れたのは、四日後の八ツ過ぎだ。

栗山庵では、患者を診察部屋と土間の間の広縁で待たせるのだが、女の患者はもちろんのこと、男の患者も岳哉の美貌に目を見張る。

広縁の患者へ如才《じょさい》なく会釈をこぼしてから、岳哉は改めて凛に微笑んだ。

「まだ見舞いは叶《かな》っていないのですが、女将さんから聞いたところ、こちらで調合してもらった煎じ薬が効いているようで、由太郎はこの数日よく眠り、粥や汁物を食べて、ほとんど戻さずにいるそうです」

「それはようございました」

「ええ。それで、女将さんがもっと薬を買いに行くと言うので、私が遣いを申し出ました。今日は大事なお客さんがみえるので、覚前屋は大忙しだそうなんですよ。女将さんは後日、改めてお礼にいらっしゃるそうです」

温胆湯なら生薬屋で買う方が安価だが、千歳をよく知る患者の多くは、どんな薬でも千歳の調合を好んだ。

薬の調合を待つ間に富岡八幡宮《とみおかはちまんぐう》へ行って来ると言う岳哉を表へ送り出したところへ、佐助が外用から帰って来た。

片腕を即座に見て取って、岳哉が問うた。

「坊《ぼう》が佐助さんだね？」

「……あんたは？」

ぞんざいに問い返して、佐助は訝しげに岳哉を上から下まで眺めたが、岳哉は意に介した様子もなく、にっこりと穏やかな笑みを見せた。

「私は岳哉という者で、由太郎の友人さ」

「由太郎ってぇと覚前屋の跡取りか。ちったぁ、よくなったのかい？」

「うん。栗山先生とお凜さんのおかげでね。でも、由太郎のお気に入りは佐助さんだ。今度、由太郎を見舞ってやってくれないか？」

「先生のお伴なら仕方ねぇけどよ。ぼんぼんの見舞いに行くほど、こちとら暇じゃねぇんだよ」

そっけなく応えて、佐助は凜の横をすり抜けて戸口の中へ消えた。

「すみません」と、凜は小さく頭を下げた。「先生がお忙しいので、お手伝いの佐助さんもなかなか自由が利かないのです」

「こちらこそ不躾《ぶしつけ》なお願いでしたね。それにしても、あの子が佐助さんか……あいった腕白な——その、毛色の違った——ああいや、威勢のよい子は由太郎の周りにはいませんからね。由太郎が気に入ったのも判りますよ。ああいう子はああいう子で可愛《かわい》いものです」

「ええ、そうなんです」

佐助に聞こえぬよう、小声で頷いて凜は微笑んだ。

診察の手伝いは佐助に任せて、凜は温胆湯の調合にかかった。

一刻《いっとき》ほどして戻って来た岳哉は、永代寺《えいたいじ》門前町の菓子屋で買ったという干菓子《ひがし》を差し出した。

「皆さんには珍しくもないでしょうが、お茶請けにでもどうぞ」

「お気遣い、ありがとうございます」

「ついでですから、お気になさらずに。由太郎も、干菓子なら食べられるのではないかと思いましてね」

「そうですね」

頷く傍《かたわ》ら、診察部屋から佐助がちらちら岳哉を窺っているのが見える。

佐助さんたら——

なんだかんだ、美男の岳哉が気になるのだろうと、凜はつい笑みを漏らした。

ちょうど最後の患者の診察が終わって、佐助は患者を、凜は岳哉を見送りに揃《そろ》って表へ出る。

「じゃあ、お凜さん、佐助さん、またそのうちに」

会釈を返した凜の横で、佐助はにこりともせずに形ばかり頭を下げた。

中之橋の方へと歩いて行く岳哉の背中をひととき睨みつけてから、佐助は今度は凜をじろりと見上げた。

「お凜さんはああいうのが好みなのかよ？」

「私が？　私はもう男の方は——どんな方でも——懲《こ》り懲《ご》りよ」

「だったら、なんであいつに色目を使ってんだ？」

「てやんでぇ、珍しく、にこにこ愛想を振りまいてたじゃねぇかよぅ」

「佐助さんこそ、本当は気になっていたんじゃないの？　ほら、『嫌よ嫌よも好きの内』――」

「冗談じゃねぇ。嫌なもんは嫌に決まってら」

吐き捨てるように言った佐助の眼差《まなざ》しを見て、凜はからかい口調を改めた。

「ごめんなさい。でも、そんなに岳哉さんが気に入らない？」

「……気に入らねぇな。見てくれだけはいいけど、馴《な》れ馴《な》れしくて胡散臭《うさんくせ》ぇや」

「見てくれだけって」

「それに、あいつはただの道楽者で、いい歳して親の仕送りで暮らしてんだろ？」

「そうだけど……」

「そんなら柊太郎の方がずっとましだぜ。まあ、柊太郎はお凜さんには、背丈がちと物足りねぇかもしれねぇけどな」

「佐助さん」

呆れ声の凜をよそに、佐助は庵を閉めるべく、表に掲げていた「栗山庵」と書かれている看板を下ろしながらつぶやいた。

「みんな甘《あめ》ぇんだよ。美男美女が胸の内まで美しいたぁ限らねぇのに……」

岳哉の言葉や仕草《しぐさ》に蔑《さげす》みは感じなかったが、片腕ゆえに、佐助は誰かに――美男か美女に――心無いことを言われたり、されたりしたのやもしれない。

凜が言葉に詰まった矢先、永代橋《えいたいばし》の方から柊太郎が帰って来た。

「おっ、噂《うわさ》をすりゃ影だ」

「うん？　俺の噂をしてたのか？」

「ああ、そうさ。さっき、岳哉って野郎がお凜さんを訪ねて来てよ」

「岳哉さんが？」

「いらしたのは本当ですが、由太郎さんの薬を買いに来ただけです」

「そうかなぁ？」と、佐助はわざとらしくにやにやした。「薬にかこつけて、本当はお凜さんに会いに来たんじゃねぇかなぁ？」

「なんだと？」

「お凜さんも満更《まんざら》じゃねぇみてぇでよ」

「なんだと？」

「佐助さん、いい加減なことを言わないで」

眉をひそめた凜には応えず、佐助は柊太郎を見上げてにんまりとした。

「けど、おれは柊太郎を推しといてやったぞ。柊太郎は色男にしちゃあ、裏表のねぇいいやつだからな」

「お、おう」

「見かけによらず、気が利くし、喧嘩も強《つえ》ぇしよ」

「……見かけによらず、は無用だ」

「ただなぁ、稼ぎが今一つなんだよなぁ」

「う……」

「ただ飯食らいだしよ」

「む……そ、そりゃ、ここしばらく手元不如意《ふにょい》で――だが、今日は違うぞ。今日は米を持って来た」

「米を？」

「おう」

そう言って柊太郎が背中から下ろした包みは、大きさからして二貫《かん》はあろうと思われる。米そのものよりも、足取りにも立ち姿にも、重さを微塵も苦にした様子がなかったことが凜を驚かせたが、すぐに思い直した。

先生が「身内も同然」と呼ぶ人だものね――

柊太郎とは同い年、同じ背丈でも、目方はおそらくそれこそ二貫は違う。男女の違いは明らかで、顔立ちは柊太郎の方が幾分若く見えるが、着物から覗いている首や手足のみならず、全身が鋼《はがね》のように鍛えられていることを、道場に通い始めて凜は目《ま》の当たりにした。

「ありがてぇが、どういう風の吹き回しだよ？」

「おめぇにもお凜さんにも、睨まれたくねぇからよ」

「私にも？」

「ほら、こないだお代わりした時――四日前、握り飯を食った時も……」

佐助はともかく、凜は兄妹《きょうだい》を思い出したり、往来での世辞《せじ》が気恥ずかしかったりしただけなのだが、柊太郎は「ただ飯食らい」への不満と見て取ったらしい。

佐助と二人して顔を見合わせて、同時に小さく噴《ふ》き出した。

「よし、入れ」

佐助がまたしてもふんぞり返って顎をしゃくるものだから、柊太郎もくすりとして凜に目配せを寄越した。

八

翌日は栗山庵での診察に忙殺されたが、翌々日の昼下がり、凜は伊勢屋への遣いと共に、覚前屋に寄るよう千歳に頼まれた。

行きがけに覚前屋に寄ると、凜を認めた番頭が慌《あわ》てて仙を呼びに行く。

「よかった。ちょうどご相談に行こうと思っていたのです。由太郎が……」

涙ぐんだ仙にいざなわれ、凜は座敷で話を聞いた。

「どうも、自害しようとしたようで……」

「自害？」

聞けば、六日前に凜が薬を届けてから一昨日までは回復の兆《きざ》しが見られたのだが、昨日の昼には薬も飲まなくなり、水や食べ物も口にしなくなったという。

「それで今朝、うちの人があの子が厠に行くところを見かけたのですが、首に何やら痕《あと》があったと……すぐさま、あの子が厠にいる間に寝間を覗いてみたところ、簞《たん》笥《す》の引手につないだ手拭いがかけてあったそうで……」

寝間には他に行灯《あんどん》と枕屏風《まくらびょうぶ》、文机《ふづくえ》しかないため、簞笥の引手に手拭いをかけて首を吊ろうとしたらしい。

眉をひそめつつも、凜は内心首をかしげた。

だとしたら、気鬱には違いないようだけど、見世物が事由とは思えない――

由太郎の性分《しょうぶん》からして、非道なことを見聞きしたがために食欲をなくし、思い悩むことはありうる。しかしながら、自害に至るまで思い詰めるとは信じ難かった。

凜も、一度ならず自害を考えたことがある。

兄の仇の竹内《たけうち》に騙《だま》され、犯されたのちに、苦界に落とされたことを知った時。

また苦界で先が見えぬままに、ただ屈辱《くつじょく》に耐え忍ぶ日々を送る間にも、何度も。

もしや……

今になって、由太郎を案じる様子や、みなという女につれなくしたこと、佐助の無礼を「可愛いもの」と評した時の顔と声をつなぎ合わせて、凜は岳哉を疑った。

更に思いついて、凜は問うた。

「あの、昨日から薬を飲まなくなったということは、岳哉さんが買いにいらした分からでしょうか？」

凜が届けた薬はおよそ五日分あった。ゆえに、仙は一昨日、薬がなくなる前に岳哉に遣いを頼み、昨日は岳哉が買って来たものを煎じた筈だ。

「そう——そうなんです。同じお薬ではないのですか？　友蔵は前のと変わらぬようだと言っていましたが……」

仙も友蔵も不思議に思い、殊に友蔵は板前だけあって、前に煎じた分の味見をしていて、此度も匂いも味も変わらぬと判じたそうである。

「薬は変わりありません」

証拠もなく迂闊《うかつ》なことは言えぬと、凜は頭を巡らせた。

「ですが、そうですね……岳哉さんが薬を届けたのはおとといですよね？　岳哉さんは由太郎さんにどうかと深川で干菓子を買って行かれましたが、薬を届けた折に、由太郎さんを見舞われましたか？」

「いえ。お凜さんたちがいらしてから、由太郎が改めて誰にも会いたくないと言ったので、部屋には私しか出入りしていません。ですから、おととい岳哉さんがいらした折にも、そう言って店先でお帰りいただきました。悪いとは思ったのですけれど、どのみちあの子は眠っていたようでしたし……」

「では、干菓子は口にしていないのですね？」

「昨日、粥とお薬と一緒に干菓子も持って行きましたが、あの子はいらぬの一点張りで……お薬も戻してしまったので、干菓子は手つかずでした。岳哉さんがわざわざ買って来てくださったというのに」

先だって、由太郎は瓜も戻していた。おそらく口にした時は、岳哉の見舞い品だと知らなかったのだろう。

「干菓子は岳哉さんからのお土産《みやげ》だと、薬も岳哉さんが買いに行ったものだと、由太郎さんはご存じで？」

「ええ。それまでは本当に、少しずつですがよくなっていたんです。でも、昨日はお薬を飲んですぐ、顔色が悪くなって……」

「薬のせいではありません」

努めて平静に凜は言った。

「胃の腑が弱っていたところへ、少し食べ過ぎたのやもしれません。また、気鬱はふとした折に思い詰めてしまうことがままあります。急に食欲をなくしたり、自害に走ったりしたのは、やはり気鬱からだと思われます」

「では、先生のお見立ては正しかったのですね。でも、これからどうしたらよいのでしょう？」

「まずは少しでも気を晴らすことです。薬は一旦やめて、塩湯を勧めてみてくださ い。塩湯は吐き気を収めるだけでなく、身を清め、邪気《じゃき》を払います。私がそう言ったと、由太郎さんにお伝えください」

「身を清め、邪気を払う……」

「気休めとお思いやもしれませんが、自害を試みるほど塞《ふさ》ぎ込んでいる者には、こういった些細《ささい》なことも支えになるのでございます」

千歳に相談の上、明日また必ず訪れると約束して、凜は覚前屋を後にした。

店先でしばし迷ったのち、凜は来た道を引き返した。

一之橋を南へ渡り、御籾蔵《おもみぐら》を過ぎてから東へ折れる。向かう先は、猿子橋《さるこばし》から更に四町ほど東に位置する深川元町の佐々木道場だ。

柊太郎は佐々木と共に門弟と打ち合っていたが、どうやら師範代として手加減していたらしい。凜を認めると、あっさり相手から一本奪って稽古を止めた。

「お凛さん、稽古に来たのかい？」

「いえ、急用で参りました」

「急用？」

佐々木や他の門弟に聞こえぬよう、凛は柊太郎を隅へ促して声を低めた。

「すぐに、一緒に行っていただきたいところがあるのです」

「そらもう、お凛さんとならどこへなりとも」

「奥山です」

九

奥山と聞いて、柊太郎はただちに由太郎のことだと察したようだ。

委細は問わずに佐々木に断りを入れ、四半刻《しはんとき》と凛を待たせることなく、汗を拭って稽古着から小袖と袴に着替えて来た。

「今更、どうしてだい？　由太郎はよくなってきたんだろう？」

「それが、そうでもなかったのです。病の大もとを調べるために奥山を訪ねようと思うのですが、どうも一人では気後《きおく》れしてしまい……」

「奥山は女一人で行くようなとこじゃねぇからなぁ」

「ええ」と、凜は知ったかぶった。「それに、出合茶屋《であいぢゃや》なら柊太郎さんと一緒の方がよいかと思いまして」

「で、出合茶屋⁉」

「声が高いです」

柊太郎をたしなめてからから、凜は仙から聞いた話と、己の推し当てを——岳哉が由太郎に「いたずら」したのではないかと——打ち明けた。

「暑気あたりで、弱った由太郎さんに付け込んだのではないかと思うのです。近くの木陰に連れて行ったというのは嘘で、出合茶屋か旅籠《はたご》へ連れ込んだのではないかと……」

眉はひそめたものの、柊太郎はさほど驚かずに頷いた。

「実は、俺ぁ密《ひそ》かに、やつには男色《なんしょく》の気《け》があるんじゃねぇかと疑ってた」

「そうだったんですか？」

「ああ。先日、やつと話している合間に、なんだかこう——品定めされているような気がしてよ。時々いるんだ。こっちにはてんでその気はねぇのに、誘いをかけてくるやつが……」

覚前屋と岳哉を避けるべく、凜たちは二之橋《にのはし》を渡った。

二之橋から御竹蔵《おたけぐら》沿いはほぼ武家町で、大川の向こうの御蔵前《おくらまえ》より人通りはずっと少ない。浪人とはいえ、町中のように女と連れ立って行くのははばかられるだろうと、後ろを歩こうとした凜へ柊太郎は首を振った。

「気にするこたねぇ。俺ぁ、生まれながらの浪人だからよ。誰に見られようが困らねぇよ」

「そ、そうですか」

「うん。親父《おやじ》は出羽国《でわのくに》の生まれなんだが、若いうちに同輩に嵌《は》められてお家取り潰しの憂《う》き目に遭《あ》ってよ。まあ、あれこれあって江戸に流れ着いて、江戸でおふくろと一緒になったのさ」

同輩に嵌められた、と聞いて、自《おの》ずと兄の忠直を思い出した。

「……お父さまは、さぞ無念だったことでしょうね」

「おそらくな」

「おそらく?」

「親父は国での出来事はほとんど話さなかったし、俺が九つの時に逝《い》っちまったからよ。ついでに、おふくろは俺が十五の時に」

一人っ子で、母親にも身寄りがなかったため、母親の死後、柊太郎は天涯孤独となったらしい。

「それは……ご愁傷《しゅうしょう》さまでした」

十八歳だった己より、三年も早く身内を失った柊太郎へ、己の身の上を明かそうかと凜は束の間迷った。

だが、やはり踏ん切りがつかずにうつむいた凜へ、柊太郎は笑って言った。

「すまねぇ。つい、湿っぽい話をしちまった」

「いえ……」

大川橋を西へ渡ると、少しだけ南に戻って三間町《さんげんちょう》の伊勢屋へ向かい、千歳から託された文を稲に渡し、また、稲から託された千歳への文を懐へ仕舞う。

伊勢屋を出ると、凜たちは三間町の西にある田原町《たわらまち》へ足を向けた。

田原町の一丁目から三丁目までの出合茶屋と旅籠をあたったが、半月前の役者のような男や具合の悪い少年――岳哉や由太郎――を覚えている者はいなかった。

女一人では、十中八九侮《あなど》られたことだろう。だが、一振りのみとはいえ刀を腰にした柊太郎と一緒だからか、どの店でもすんなり話を聞いてもらえた。

念のため、浅草寺の西側の門前町も回ってみたが、門前町にはまっとうな茶屋しか見当たらぬ。凜たちは門前町から更に北へ進み、奥山へ向かった。

しばらく前に七ツの鐘を聞いていたが、浅草一円は江戸で人気の行楽地だ。広小路や仲見世ほどではないにしても、奥山も充分賑《にぎ》わっていた。ただ、やはり女子供はずっと少なく、そこここで、店のみならず、客からもそこはかとない後ろ暗さが感ぜられる。

まだ新参者の手妻師はすぐに見つかった。

また、手妻師は由太郎と岳哉のことを覚えていた。

手妻に感心した由太郎は、おひねりを投げずに手渡して、手妻師を褒《ほ》め称《たた》えたそうである。

「なんだか育ちのよさそうな坊っちゃんでしたからね。連れの男の人も、役者のような美男で……なんでも両国から来たそうで、両国広小路ならもっとしょっちゅう見物に来るのに、と。あの坊っちゃんみたいな子ならいいんですが、私は分別《ふんべつ》のない子供がどうも苦手でしてね……」

薄い笑みを浮かべて頬《ほお》を掻《か》いた手妻師は二十六、七歳といった年頃で、左手の甲や手首には火傷《やけど》と思しき痕がある。幼き頃、はたまた大人になっても、火傷痕を子供たちにからかわれたことがあるのではないかと、推察しつつ凜は問うた。

「顔色はどうでしたか？」

「顔色？」

「その……暑気あたりの気配はありませんでしたか？」

「いいえ、ちっとも」

首を振ってから、手妻師はにやりとした。

「でも――」

「でも？」

声を揃えた凜と柊太郎を交互に見やって、手妻師が今度はくすりと微笑む。

「おひねりをいただいた後、坊っちゃんが男の人に言ったんです」

――目当ての手妻が見物できてよかった。連れて来てくれてありがとう――

――ありがとうはまだ早い。目当てのものはこれからさ――

「そう男の人が言うのを聞いて、坊っちゃんは顔を赤らめましてね。まだ九ツを聞いたばかりでしたから、中《なか》の昼見世《ひるみせ》にでも行くのかと思いました」

中、というのは吉原《よしわら》だ。奥山から北へ、道のりにして四半里余りのところにある吉原では、昼九ツから七ツまで昼見世――昼商売――として客を取っている。

手妻師に礼を言って離れると、凜は北の――吉原の方を見やってつぶやいた。

「それなら、吉原で何かあったのかしら……？」

岳哉にいたずらされたというのは己の早計で、吉原で目当ての女に袖にされたり、首尾よくことを運べなかったり、それゆえに女から辱《はずかし》めを受けたりしたのだろうかと、凜は頭を巡らせた。

だからといって、自害に走るなど莫迦《ばか》げているが、年頃の少年のことである。また、女とのいざこざであれば、身内や岳哉に打ち明けられぬのも判らぬでもない。

柊太郎も首をかしげた。

「中へ行ったってんなら、岳哉は男色じゃなかった……いや、両刀遣いか？　だとしても、中で何かあったとは思えねぇ。相手は玄人《くろうと》だぜ？　大店の跡取りで、顔立ちも気立てもいい由太郎なら、ここぞとばかりもてなしただろうよ」

柊太郎の言い分はもっともだ。女郎が――殊に名高い吉原の遊女たちが、由太郎のような良客の気分を害すような真似はすまいと、凜はすぐに思い直した。

「……吉原の女の人を、よくご存じですのね」

頷く代わりに、ちくりと嫌みをこぼすと、柊太郎は苦笑を浮かべた。

「そうでもねぇや。俺みてぇなすかんぴんは、中じゃお呼びじゃねぇんだよ」

「柊太郎さんなら、すかんぴんでも間夫《まぶ》へのお誘いがあるんじゃないですか？」

「そりゃ、なくもねぇが……なんでぇお凜さん、間夫だなんてよく知ってるな。あ、やっぱり男に振られたってのは本当で、中の女に盗《と》られたのかい？」

「間夫くらい、年増《としま》なら誰でも知っています」

おぼこでもありませんから――

胸の内で付け足してから、凜は続けた。

「なんにせよ、結句、何も判らずじまいですね。吉原を調べるとなると、時も遅いし、切手もありませんし……」

「岳哉はどっちの店でも馴染みなんだが、山川町の茶屋は金を払えば、出合茶屋みてぇに間貸《まが》ししてくれるんだと。岳哉は江戸に――あの長屋に越して来てからずっと由太郎に目を付けていて、此度は筆下ろしを餌《えさ》に店に連れ込んだらしい。もちろん、由太郎には女を呼んでやると嘘をついてな……やつは更に店に金を積んで、麻の葉を煎じた茶を頼んだそうだ」

「由太郎が飲んだのは、麻葉の茶だったのか」

阿芙蓉《あふよう》――阿片《あへん》――ほどではないが、麻も種類によって人を惑《まど》わせる。葉や茎、殊に花を乾燥させたものを煙草《タバコ》のごとく喫《の》んだり、煎じて茶として飲むことで、高ぶったり、幻を見たり、前後不覚に陥ったりするという。

「皮肉なものだな。麻葉の茶は煎じようによっては、痛みや吐き気、気鬱や不眠に効くというのに……」

つぶやくように言ってから、千歳は顎へ手をやった。

「さて、どうしたものか」

原因が判っても、気鬱はそう容易く治せぬ。まごまごしている間に再び――今度は本当に自死してしまうのではないかと凜は恐れた。

「明日、もう一度覚前屋へ行かせてください。お仙さんに明日また伺うと約束いたしましたし、今一度、由太郎さんとお話ししてみとうございます。私も以前、自死を考えたことがあります。なればこそ、どうにかして由太郎さんの力付けになれぬものかと……」

卯月の飛び込みは狂言だったが、かつて自死を考えたのは本当だ。

「そうだな。それに今は、女性の方が幾ばくかでも由太郎には心安いだろう」

翌日、朝のうちに凜は千歳と覚前屋へ向かった。

「お凜さんに言われた通り、塩湯を出したら少し飲みましたが、お薬の方は相変わらずさっぱり口をつけません」

「塩湯だけでも、飲まぬよりずっとよい」

眉根を寄せた仙に温かく頷いてから、千歳は言った。

「人払いをしてください。寝間には誰も――女将さんも――近付かないように」

千歳が同行したのはこのためで、弟子でしかない上に女の凜では、おいそれと由太郎と二人きりになれぬと踏んでのことである。

仙や店主の庄太郎《しょうたろう》を始め、一階で寝起きしている奉公人は皆、もう階下で仕事に励んでいる。二階には蔵六のように窓から大川を望める座敷があるが、診察が終わるまで客を通さぬよう、千歳が念を押した。

見張りを兼ねて千歳が階段の下り口に座り込むと、凜は廊下《ろうか》で、借りた文机の上で硯《すずり》に墨を磨《す》り始めた。

栗山庵で薬の処方やちょっとしたものを書き付けることはあるが、このようにしんとした中でじっくり墨を磨るのは久方ぶりだ。

背筋を伸ばし、硯のみを見つめて磨っていると、少しずつ階下のざわめきが遠くなり、反対に、黙坐している千歳の他、階段から少し離れた寝間にいる由太郎の気配が近く感ぜられる。

由太郎は起きていて、寝間の外を――凜たちを窺っているようである。

どうか、恐れないで……

八日前に垣間見た、微かだが、まだ生気《せいき》が宿っていた由太郎の目を思い出しながら凜は祈った。

墨を磨り終えると、凜は千歳と見交わしてから、文机を持って由太郎の寝間の前に腰を下ろした。

「由太郎さん。栗山庵の凜です。本日はお話があって参りました」

「お……お帰りください。何もお話しすることはありません」

弱々しいが、返答があったことに凜はまず安堵した。

「私がお話ししたいのです。話を終えるまで、二階には誰も上げないようお願いしてあります。先生は階段の傍にいらっしゃいますが、小さな声で話せば聞こえぬでしょう。ですが念には念を入れて……」

《これからおはなしすることは　どうかないみつにねがいます》
そう予《あらかじ》め書いておいた紙を、凜は襖の隙間から差し込んだ。

十一

差し込んだ紙が内側へ引き抜かれるのを見て、凜は筆を執《と》った。

《きのう　おかみさんは　よしたろうさんが　じがいしようとしたのではないかとあんじていました》

墨を乾かす時を惜しんで、凜はそっと指一本分ほど襖を開けて、新たな文を差し入れた。由太郎が慌てた気配がしたが、文を見て座り直したようである。

「自害など……私は、そんな真似は……」

「それならようございました」

由太郎のつぶやきに応えてから、凜は新たな紙に筆を走らせる。

《わたしは　ごねんまえ　じがいしようとしました》

叶屋で目覚めた時の屈辱が蘇《よみがえ》ってきて、筆が震えた。

一つ大きく呼吸したのち、唇を噛み締めつつ凜は続きを書いた。

《あるおとこに　さけによわされ　てごめにされたのです》

文を読んだ由太郎が、息を呑《の》むのが判った。

《あいては　なくなったあにの　ゆうじんでした　ゆえにわたしは　うたがいもせず　あいつのはかりごとにはまってしまいました　このことは　くりやませんせいにもはなしておりません》

ひとときおいて、由太郎が囁き声で問うた。

「……どうして私に？」

《はばかりながら　よしたろうさんも　おなじめにあったのではないかとおもったのです　どうも　たけやさんには　なんしょくのけがあるようでしたので　さすけさんも　たけやさんはきにいらぬと　いっていました》

「佐助さんが……」

しばし黙り込んで、由太郎は絞り出すように言った。

「少し……お待ちいただけますか？」

「はい」

いくつか小さな物音がして、やがて由太郎が墨を磨る音が聞こえてきた。

その微かな音は幾度か乱れ、由太郎の逡巡《しゅんじゅん》が窺えた。

一度、四間《けん》ほど離れた千歳の方を見やったが、千歳はおそらく気付かぬ振りをして、こちらを振り向くことはなかった。

目を閉じて、ただじっと待つこと四半刻足らず。

墨を磨る音が途絶えてまもなく、由太郎からの文が襖の隙間から覗いた。

《さすけさんを　あいつにちかづけてはなりません　たけやは　ひれつなうそつきです》

思ったよりずっと達筆である。また、佐助を一番に案じて筆を執ったことに、由太郎が「若さま」と慕われている所以《ゆえん》を感じた。

続けて、次の文が隙間から差し出される。

《あいつは　わたしをであいぢゃやにつれこんで　ねむりぐすりのごとき　ちゃをのませました　ふでおろしをてつだってやるといわれて　せけんしらずのわたしはまんまとだまされてしまったのです》

「そうだったのですね」

《あさはかでした　なにもかも　くやまれてなりません》

《わるいのはあいつです》

《さすけさんはもちろんのこと　ほかのだれにも　このようなおもいをさせたくありません　けれども　どうしたらよいのか》

《あいつに　おどされているのですか》

「……はい」

消え入るような声で応えて、由太郎は次の文を書いて寄越した。
《なんしょくは　わるいことではないから　いいふらしてもかまわないと　あいつはいいました　ですが　ことがおおやけになれば　りょうしんや　みせのものはどうおもうかとも　わたしは　だれにもしられたくありません　ことに　ちちやはみせのみんなには》
《おさっしいたします　わたしも　かのできごとは　だれにもしられとうございません》
苦界で苦悩する間、皮肉にも父母や兄妹が皆他界していることが――彼らは知る由《よし》がないことが――凜には僅《わず》かな救いとなった。そして今は、新たに情を覚え始めた稲や千歳、佐助、柊太郎に知られたくない。
また、己を手込めにした竹内はとうに辻斬《つじぎ》りに殺されていて、己が春をひさいだ叶屋は江戸から百里は離れた津《つ》にあるが、岳哉はすぐ裏の長屋にのうのうと住んでいる。この先も、ずっと怯《おび》えて暮らすことを考えたら、由太郎が死を選ぼうとしたのも無理はない。
――でも、由太郎さんはまだ生きようとしている。
首吊りを試みる前も、吐き気を覚えつつも食べようとし、薬を飲んだ。今また迷っているとしても、こうして己とやり取りしているのは生きようとしているからに違いない。

半月も一人で抗ってきたのだ。

死なないで欲しい。

あんなやつのために――

唇を噛んで、凛は再び筆を執った。

《わたしはくやしゅうございました　あんなやつにまけたくない　しねばあいつのおもうつぼだとおもって　じしをおもいとどまりました》

「……お凛さんはお強いですね」

襖の向こうの声に、凛は小さく頭を振った。

「強くなったのです。あの出来事の前は、私もただの世間知らずの小娘でした。しばらく誰も信じられませんでしたが、さるお方が力になってくださり、再び人を信じられるようになりました。そのお方のもとで私は、二度と悔しい思いをせずに済むように武芸を学びました」

「武芸を？」

「はい。護身術が主ですが、今月から剣術道場にも通い始めました」

「剣術まで」

「私は父を早くに亡くし、兄の死後、妹と母も相次いで亡くして、今は天涯孤独の身であります。ゆえに捨て鉢になったこともありましたが、今は先生を始め、幾人か信頼に足る、守りたい人ができました。とはいえ剣術の出番はなさそうですが、道場で稽古をしていると、身体はもちろん、心も強くなっていくように思えます」

「心も……」

つぶやいて、由太郎は再び文を書いて寄越した。

《わたしも　あんなやつに　まけたくありません》

書かれた字には強さが感ぜられたが、見えずとも、襖の向こうで涙をこらえている様子が凜には伝わった。

《しにたくない　ですが　ほかにあいつから　のがれるほうほうがわかりません》

「死なないでください」

とっさに応えてから、凜は筆を走らせた。

《どうか　あんなやつのために　しなないでください　あなたがしなずにすむほうほうを　わたしもさがします　てはじめに　あいつのよわみを　さぐってみます》

黙り込んだ由太郎へ、凜は次の文を差し入れた。

《しのうとおもえば　いつでもしねます　どうしても　しをおのぞみならば　わたしがかいしゃくしてもかまいません　ですが　しにたくないとおかんがえのうちはどうか　いきていてください》

「私は……死にたくありません」

嗚咽と共に由太郎は言った。

「私は負けたくない……私もお凜さんのように、強くなりたい……」

手拭いと共に、凜は手元にあった文を全て隙間から差し入れた。

「では、まずは文の始末をお願いいたします。切り刻んでも、火にくべてもかまいません。ですが、けして人目に触れぬよう始末していただけますか？」

「……承りました」

襖が少し開いて、指一本分ほどだった隙間が拳《こぶし》二つ分ほどになった。

隙間の向こうには、由太郎が膝を揃えて座っている。

顔色は悪いが、やや血走った目には生気がしかと見て取れた。

「お約束いたします。ここに書かれたことは、けして口外いたしません」

「ありがとうございます」

由太郎の目をまっすぐ見つめてから、凜は静かに頭を下げた。

十二

何はともあれ、しっかり食べて眠るように諭《さと》して、凜は由太郎に暇《いとま》を告げた。

「先生、由太郎は……?」
階下でおそるおそる訊ねた仙に、千歳は微笑んだ。
「由太郎さんは思っていたよりずっとお強い。しかし、これからが大切です。私か
お凜さんがよしとするまで、見舞い客は全てお断りするように。温胆湯は無理に飲
まなくともよいので、塩湯の他、様子を見て重湯や粥を出してください。本日は薄《はっ》
荷《か》を持って来ました。嘔吐《おうと》が続いて喉や胃の腑が荒れていることでしょう。薄荷湯
も飲ませてみてください」
仙と番頭に見送られて覚前屋を後にしてすぐ、岳哉が追って来た。
「往診にいらしたと聞いて……随分長いことかかったようですが、由太郎の具合は
どうでしたか?」
よくもいけしゃあしゃあと――
はらわたが煮えくり返ったものの、岳哉を問い詰めることは由太郎を追い詰める
ことだと思い直し、凜は怒りを押し殺して平静を装《よそお》った。
「峠《とうげ》は越したように思います。兎にも角にも、今は休ませねばなりません。女将さ
んにも言付けましたが、しばらく見舞いは控えてください」
「しばらく、とはいかほど……?」
「岳哉さんには、追って沙汰しますよ」

にこやかに応えて覚前屋を後にすると、一之橋を渡ったのちに、千歳は微苦笑と共に言った。

「よくこらえたな」

「私たちがあいつの所業《しょぎょう》を知っていると、あいつに知られぬ方がよいですもの」

「うむ」

「あいつが傍にいる限り、由太郎さんは心休まらぬと思うのです」

「そうだな」

「私……由太郎さんと約束しました。まずは、あいつの弱みを探ってみると……道場へ行く時を、しばらくそちらに割いてもよいでしょうか？」

「無論構わんが、どうやって？　下手に藪《やぶ》をつつくと蛇が出かねないぞ」

「まだどう仕掛けるかは決めておりませんが、心してかかります」

とはいえ、男色を好む者はそう珍しくなく、岳哉は表沙汰になっても構わぬようだ。また男色ゆえに――よしんば両刀遣いだったとしても――みなという女への素振りからして、色仕掛けは通用すまい。

そもそも、弱みを握って脅し、首尾よく岳哉を遠ざけたとしても、由太郎が心休まる日がくるとは限らぬ。

あいつが生きている限り――

凜は仇の竹内昌幸《まさゆき》を斬った辻斬りは、要だろうと踏んでいた。

竹内が死した二日前に家を出て行ったきりの要は、千歳の推し当てが正しければ死病を患《わずら》っていた。

今にして思えば、要が叶屋から己を請け出した一番の理由は、亡き妻に似た女が春をひさいでいることが厭《いと》わしかったからだろう。だが、凜の身の上や仇討ちの決意を知った上での同情心も、けして偽りではなかった。要はいずれ凜が果たす仇討ちの折には、助《すけ》っ人《と》を約束してくれていた。ゆえに不治の病、もしくは不慮の事由によって約束を守れぬと悟った要はおそらく、代わりに竹内を斬ったのだ。

竹内の所業や、叶屋での日々を忘れることはできぬ。しかし竹内の死は、凜にささやかな安らぎをもたらした。

私も由太郎さんのために、同じことができないだろうか……？

見たところ、岳哉に武芸の心得はなさそうだ。

人気《ひとけ》のない暗がりで、笄《こうがい》の仕込み刃で喉を一突き。

はたまた、山口に使わなかった毒入りの水渇丸《すいかつがん》を飲ませることができれば――

「お凜さん」

黙り込んだ凜を、からかい口調で千歳が呼んだ。

「弱みを探るだけだろうな？」

「……ええ」

「それならいいんだ。何やら物騒《ぶっそう》な目つきをしていたもんでな」

「私の仇だった竹内や山口のように、あいつにも天罰が下らぬものかと考えていたのです」

「天罰か……それならいっそ天に裁きを任せるがいい」

くすりとしてから、千歳は念を押した。

「くれぐれも危ない橋は渡ってくれるな。あなたはもちろん――佐助や、柊太郎のためにも」

十三

岳哉に「天罰」が下ったのは三日後だった。

湯屋で額を切ったのだ。

凛は同日の八ツ過ぎに由太郎の見舞いと岳哉を探りに両国の元町を訪れていたが、由太郎は眠っていて、岳哉は留守だった。

凛が岳哉の怪我を知ったのは、六ツを半刻《はんとき》ほど過ぎた頃だ。佐助と二人で夕餉を食べていたところへ、岳哉の住む長屋から遣いの男が現れた。

――なんでも、湯船を出る前にふっと何かが触れた気がしたそうで、石榴口《ざくろぐち》をくぐって流し場に出てみたら、こう、額から血がたら～り、と……流し場に出るまで痛みもなかったってんで、鎌鼬《かまいたち》じゃねぇかってみんな言ってら――

――鎌鼬、ですか……――

鎌鼬は鎌風《かまかぜ》とも呼ばれる妖怪の名で、越後《えちご》国の七不思議の一つでもある。主に冬、辻風と共に現れて、鎌で切ったかのごとき傷をつけるが、痛みも出血もないと凜は聞いたことがある。

――けど、鎌鼬にしちゃあすっぱり切れてやがるし、夏の湯屋に出るなんて、ちと信じられねぇがなぁ――

岳哉は男を通じて千歳に往診を頼んだが、あいにく千歳は津藩の藩医である土井《どい》玄庵《げんあん》のもとへ出かけて留守にしていた。

――仙が夫の庄太郎と訪ねて来たのは更に七日後の、文月《ふづき》は四日の朝である。

由太郎は日々良くなっているそうで、仙の顔も半月前よりずっと明るい。

「おとといから、私どもと一緒に食べるようになりまして、今朝はご飯をお代わりしました」

「それはようございました」

仙の隣りで庄太郎も深々と頭を下げて、懐紙《かいし》に包んだものを差し出した。

「遅れ馳せながら、こちらをお納めくださいまし。友蔵といい、由太郎といい、まことにお世話になりました」

およその医者は薬礼は――殊に覚前屋のような大店からは――盆暮れの節季《せっき》払いとしているが、千歳はどんな患者にも都度《つど》払いを求めている。

千歳が薬礼を受け取ると、庄太郎は凛を見やって言った。

「お凛さんは心身の鍛錬《たんれん》のために、剣術道場に通っているそうですね。由太郎も平復した暁《あかつき》には、剣術を学んでみたいと申しております。どうか、道場の先生にお口添え願えませんでしょうか？」

「口添えなんて、私も習い始めたばかりですから……ですが、師範代にお伝えしておきます。師範代も先生も、きっと喜ばれると思います」

「どうぞよしなに」と、仙も頭を下げる。「岳哉さんはお帰りになってしまいましたから、剣術は良い気晴らしになると思うのです」

「岳哉さんがお帰りになったというのは――もしや、尾張に？」

「ええ。七日前のこと、お聞きになりましたでしょう？」

「湯屋で、季節外れの鎌鼬が出たとか……」

「そうなんです。こう、斜めに一寸半ほども額を切られていましてね。栗山先生がお留守だったから、橋向こうの別のお医者さまに診てもらったそうなんですが、先生ほど腕が良くないのと、岳哉さんが痛がったせいもあって、ろくな縫合にならなかったみたいで……」

　自慢の美貌に傷が付いて、ひどく気を沈ませた岳哉が家にこもること二日目、在所から文が届いたという。

「ご兄弟が危篤《きとく》だとかで、この際江戸を引き払って郷里に戻ることにしたと、ほんに慌ただしく、抜糸《ばっし》もしないうちに朔日《ついたち》にお発《た》ちになりました」

「さようで……」

　鎌鼬も半信半疑であったが、危篤の知らせが続いたと聞いて、凜は千歳をちらりと見やった。

　朝のうちは栗山庵で診察をして、昼餉ののちに、凜は千歳の伴をして津藩の中屋敷へ往診に向かった。

　処暑《しょしょ》を迎え、晴空でも暑さは和《やわ》らいできた。

　永代橋を渡り、霊岸島《れいがんじま》新堀を行き交う舟を横目に北新堀町《きたしんぼりちょう》を歩きながら、佐助の前では遠慮していた問いを凜は口にした。

「……鎌鼬は先生ですか?」

　凜を振り向いて、千歳は微苦笑を浮かべた。

「いいや。私はあの日、土井先生に用があって出かけていたじゃないか」

「本当に土井先生とご一緒だったのですか？」

「疑《うたぐ》り深いな」

「夏の湯屋に鎌鼬が出るなんて信じられないと、遣いの人も言っていました」

「うむ、実に恐ろしい話だ。件《くだん》の両国の湯屋は近頃、柊太郎が気に入って通っていたんだが、鎌鼬が出るとあってはおちおち湯船に浸《つ》かっておられんと、早々にいつもの湯屋に戻ったそうだ」

「柊太郎さんが……」

岳哉の怪我のことは柊太郎にも話していたが、「いい気味《きみ》だ」と鼻を鳴らしただけで、そんな素振りは少しも窺えなかった。

「そういえば、同じ頃、文の代筆を頼まれたな。あいつは字が下手だからな」

「文にはなんと？」

「尾張はいざしらず、罪の数だけ顔に入墨刑《いれずみけい》を施《ほどこ》す国もあると聞く。江戸の鎌鼬は神出鬼没《しんしゅつきぼつ》なり。くれぐれも用心されよ——だったかな」

入墨刑とは戒《いまし》めと前科の目印を兼ねて入墨を施す刑罰で、国や罪の数によって、腕ではなく額に丸や線、「犬」などの字を入れられることがある。

兄弟が危篤というのは方便で、岳哉は「鎌鼬」を恐れて江戸を離れたらしい。

とすると、あいつの「罪」は一度ではなかった——

由太郎の他にも、岳哉の餌食《えじき》になった者がいたのだろう。そもそも、郷里を離れたのも似たような罪から逃れるためではなかったかと、凛は推察した。

騒ぎになった湯屋はとばっちりだが、岳哉の帰郷は由太郎に大きな安堵をもたらしたに違いない。

「……代筆なら、私が承りましたのに」

「ならば、次はお凛さんに頼むよう、柊太郎に伝えておこう」

話のついでに、と、千歳は凛に一分《ぶ》手渡した。

「お凛さんの取り分だ。あなたの働きがなかったら、由太郎は今頃まだ臥せっているか、黄泉《よみ》にいってていたやもしれん」

結句《けく》、うまく収まったとはいえ、弟子の身で勝手な真似をしたのは否めない。ゆえに一度は辞退しようとしたものの、思い直して受け取った。

往診を終えると、凛は千歳とは中屋敷で別れて、蕎麦粉と海苔《のり》を買って帰った。

蕎麦粉はおやきと蕎麦のため、海苔は柊太郎の好物である。

「おっ、こりゃいい海苔だな。海苔が旨いと飯も進むや」

折よく夕餉に現れた柊太郎が、舌鼓を打って目を細めた。

「まだありますから、よかったらお代わりをどうぞ」

「そうかい？　そんなら遠慮なく」

「ちったぁ遠慮しやがれってんだ。――お凜さん、おれもお代わりするからな。だから柊太郎にはちょびっとだけな」

「佐助さんたら……意地悪はほどほどに」

「なんでぇ、柊太郎の肩を持つのかよ？」

「どちらの肩も持ちません。佐助さんも柊太郎さんも、どちらも先生の大切な、先生がお身内と呼ぶ方ですもの」

顔を見合わせた佐助と柊太郎へ、「お二人にお話ししたいことがあります」と凜は居住まいを改めた。

「私は姓を石川といい、伊勢国は津から参りました」

帰り道で考えたことだった。

――私はもっと医術を学びとうございます。叶うならば先生の弟子として――

己がそう願ったのは、苦しむ誰かを救いたいというよりも、もう二度と大切な者を失いたくないという気持ちからであった。

そんな己が医者を目指すのは、おこがましいことやもしれぬ。

だが由太郎に話したように、今の凜には「信頼に足る、守りたい人」がいる。

お稲さんと先生、佐助さんに……柊太郎さん――

全てを打ち明けることはない。

――身内と思えばこそ話せることもあれば、身内ゆえに話し難いこともある――

千歳の言葉を思い出しながら、凜は稲や千歳には既《すで》に明かしていた身の上を、佐助と柊太郎にも打ち明けた。

佐助も柊太郎も黙って凜の話に聞き入った。

やがて、ちょうど一月《ひとつき》前の山口の死まで語り終えると、ひとときしんとした中で、佐助が「ふん」と鼻を鳴らした。

「やっぱりな！　おかしいと思ってたんだ、初めから。なぁ、先生？　おれの勘も捨てたもんじゃねぇだろう？」

「ああ。お前は勘の鋭い子だよ」

千歳が微笑むのへ、佐助も嬉しげに口角を上げる。

その傍らで、外していた刀を見やって柊太郎が口を開いた。

「俺だって、すぐにお凜さんが只者じゃねぇと気付いたさ。――それにしても、えらい巡り合わせだな。お稲さんとやらの手引きとはいえ、要さんの代わりに先生が仇討ちの助太刀をするところだったとは……」

「柊太郎さんも、要さんをご存じだったのですか？」

「いや、俺は先生からちょいと話を聞いただけさ。この刀をもらったついでにな」

柊太郎の言葉を聞いて、佐助がむぅと頰を膨《ふく》らませた。どうやら佐助は伊勢屋や稲のことのみならず、要のことも知らなかったようである。

「そうむくれるな」

「そうとも」と、柊太郎。「餓鬼《がき》は知らねぇ方がいい話もあらぁ」

「ふん。餓鬼みてぇな面《つら》して、人のことを餓鬼呼ばわりしやがって」

「あのな、お前は十二で俺は二十二、俺の方が十も年上なんだぞ」

「そうだけどよ……」

むくれたままの佐助に、千歳が穏やかに声をかけた。

「けれども、十二なら――ましてや、お前のように聡《さと》い子には、もっと早くに明かしておくべきだったか」

「すみません」

詫《わ》びた凜に、千歳は小さく首を振った。

「いや、私の話だ。この際、私も皆に話しておきたいことがある」

はっとした凜たち三人を見回して、千歳は苦笑を浮かべた。

「だが、その前にお凜さん、佐助に――柊太郎にも――お代わりをやってくれないか?」

第三話

忘れぬ者

一

「私にはかつて、清衛《きよえ》という恩師がいた。私と要《かなめ》を伊賀者《いがもの》として一人前に育ててくれた人だ。一月《ひとつき》前に襲って来たのはこの清衛さんの――いや、清衛さんの右腕の、慶二《けいじ》という男の手下《てか》だと私は見ている」

「一月前？」

箸《はし》を止めて眉《まゆ》をひそめた佐助《さすけ》へ、千歳《ちとせ》はまずは一月前、津《つ》藩の中屋敷への道中の新堀《しんぼり》沿いで三人の男たちに襲われたことを打ち明けた。

「ちぇっ。みんなしておれを除《の》け者にしやがって……」

「ずっと隠しておけたらよかったのだが、そうも言ってられなくなってな」

千歳が困った笑《え》みを浮かべると、佐助はむくれながらも飯を口に運んだ。

先だって柊太郎《しゅうたろう》と奥山《おくやま》を訪ねた日に、凜《りん》が言付《ことづ》かった伊勢屋《いせや》の稲《いね》との文《ふみ》のやり取りは、清衛の居所と思惑を探るためのものであった。

「お稲さんからの文によると、清衛さんはここしばらく行方《ゆくえ》をくらましているらしい。しかもどうやらお頭《かしら》の下知《げち》ではなさそうだ。となると、委細《いさい》が判《わか》るまで用心に越したことはない。清衛さんも慶二も、そこらの女子供を手にかけるような人ではなかったのだが、今は判らぬ。佐助やお凜さんは私の身内とみなして、多少なりとも手荒な真似《まね》をするやもしれん」

——つまりは慶二という男が……ううん、清衛さんが「太郎」さんか。

先月聞いた話を思い出しながら、凜は内心つぶやいた。

「清衛さんには娘さんが二人いた。長女がお蓮《れん》さん、次女が菫《すみれ》さんで、菫さんは十二年前に要と一緒になった」

それなら私は、菫さんに似ていることになる——

既《すで》に膳《ぜん》を食べ終えていた凜は、思わず膝の上の両手を握り直した。

「三年後、菫さんはめでたく身ごもったが、難産になってな。赤子《あかご》は生まれてまもなく亡くなってしまい、菫さんは産後の肥立《ひだ》ちが悪く、床《とこ》に臥《ふ》せるようになった」

当時二十九歳だった千歳は、その六年前に既に忍《しのび》を抜けていた。

「もともと二十歳《はたち》になる頃から、私は医術、要は鍛刀《たんとう》を学んでいてな。無論、どちらも一族のためだった。忍の技《わざ》とは別に、こういった職人技も身につけておいた方が、忍の仕事もやりやすいからだ。だが私は学ぶうちに忍であるよりも、医術を極めたいと思うようになり、結句《けく》、一族を離れることにした」

昔は一族を離れる——いわゆる「抜け忍」は命《いのち》懸《が》けだったが、伊賀者が伊賀組同心《どうしん》として取り立てられたのはもう二百年は前のことだ。戦《いくさ》が減り、「太平の世」

があたり前になった今、抜け忍は珍しくなく、罰せられることもなくなった。

とはいえ、しがらみからすっかり逃れられる者はまずおらず、千歳もいまだ伊賀者を診察したり、江戸での便宜《べんぎ》を図ったりすることがあるという。

「菫さんを一人で家に置いておくのは不安だと、赤子の死後ほどなくして、要も忍を辞めて刀匠《とうしょう》となった。年が明けてから、私は要から文を受け取った。菫さんに回復の兆《きざ》しがないことから、私に見立てと治療を頼みたいと……診察してみたところ、食欲がふるわぬ、不眠に疲労、動悸《どうき》、気鬱《きうつ》と、『産後の肥立ちが悪い』としかいえぬ病状でな。手始めに食べ物と薬を手配りしようとしていると、要に一族から遣いが来た。武器を揃《そろ》えて、大坂《おおさか》まで届けて欲しいとのことだった」

夫の留守によからぬ噂《うわさ》が立っては困るだろうと、千歳は大坂まで要の代わりに届け物に行こうと申し出た。だが届け先が刀匠の要にと頼んできたこと、要が一日も早い治療を望んだことから、結句、要が大坂へ向かい、千歳は菫のもとに留《とど》まった。

「……ところが、私が町の生薬屋《しょうやく》に出かけている間に、菫さんは毒死した」

「えっ？」と、佐助が声を出し、凜と柊太郎は眉をひそめた。

「置文《おきぶみ》はなかった。ゆえに毒殺されたのか、自害したのかは判らぬままだ。自害であったなら、赤子を亡くしたことか、余命をはかなんでの気鬱からだと思われる」

千歳は治るかどうかは五分《ぶ》と見ていたのだが、菫には伝えていなかった。しかし、菫も忍の修行をした者として多少の医術を心得ていた。己《おの》が身のことなれば、平癒《へいゆ》の見込みはないと判じたのやもしれぬ、と千歳は言った。

「肚《はら》の中までは判らんが、要は私の推察を信じてくれた。けれども清衛さんは私を疑った。どうせ助からぬと踏んで――はたまた要への妬心《としん》から、菫さんに新しい薬か毒を試したのではないか、とな」

「要さんへの妬心……ですか？」

「確かに妬心がなくもなかった」

微苦笑を浮かべて千歳は続けた。

「にしても、ほんの他愛《たあい》ないものだ。同い年で身体《からだ》つきも変わらぬというのに、要の方が忍としてはずっと優れていた。それに、柊太郎にはとても敵《かな》わぬが、やつは私より顔立ちがよかったから、その分もてた。だが、私は要を妬《ねた》んではいなかったよ。私たちは二人とも物心つく前に親を亡くして、一族のもとで兄弟のように育ったんだ。私が医術を、要が鍛刀を学んだのも、二人で相談して決めたことだ。そして私は自身をまあまあ高く買っている。昔は忍として、今は医者として」

ともあれ、千歳は清衛の怒りを避けるべく津を離れた。

命を狙《ねら》われ始めたのは菫の死から一年ほどしてからで、千歳は尾張国《おわり》にいた。

「それまでも患者やその縁者に恨《うら》まれて刃傷沙汰《にんじょうざた》になったことはあったんだが、

所詮《しょせん》彼らは素人《しろうと》だ。しかし、清衛さんが差し向けた者たちは玄人《くろうと》だった」

一族の詮議《せんぎ》もなく、私怨《しえん》のためとあって、清衛は手下は使わずに外の者を雇って千歳の暗殺を試みた。役目の合間を縫い、私財を使っての手配りゆえに、続けざまに襲われることはなかったものの、それゆえに千歳はしばらく、誰が何のために己《おのれ》を殺そうとしているのか判らなかった。

三年のうちに尾張国、信濃《しなの》国、甲斐《かい》国と転々として、やがて千歳は江戸に来た。

伊勢屋の稲を頼ってようやく、刺客《しかく》の雇い主が清衛らしいと判って困惑した。

「曲者《くせもの》を避けるべくよその国では偽名を使ったこともあったが、江戸では実名を名乗ることにした。そうすることでやましいことは何もないと、清衛さんや仲間に知らしめたかったのだ。時を同じくして、江戸を訪ねて来た要が仲立ちを申し出てくれた。要に会ったのは、あの時が最後だ」

稲のつてからは清衛の差し金だという証《あかし》が得られなかったため、千歳たちはことを一族の頭《かしら》に明かすのを躊躇《ためら》った。よって役目で居所を転々としている清衛につなぎをつけ、要が清衛のもとへ仲立ちに赴《おもむ》くまで更に一年余りもかかってしまった。

「要からのつなぎによると、清衛さんの誤解は解けたようだった。ほどなくして、お稲さんを通じて清衛さんからつなぎがあった。おととしのことだ。板橋《いたばし》で直《じか》に顔を合わせて、腹を割って話がしたいと……望むところだと私は板橋へ向かった。しかし、要の仲立ちの甲斐もなく、はたまた再び心変わりしたのか、清衛さんは私を菫さんの仇《かたき》として殺そうとした」

清衛の腹心である慶二の助太刀《すけだち》もあって、千歳は窮地に陥った。

だが、死を覚悟したその矢先、柊太郎が現れた。

「あの時は驚いたな」

千歳が言うのへ、「俺もさ」と柊太郎も苦笑を浮かべた。

過去に佐々木《ささき》の門人の治療をしたことで、千歳と柊太郎には面識があった。柊太郎はちょうど同日、佐々木の遣いで板橋宿を訪れており、通りすがりに二人を相手に苦戦している千歳を見かけてすぐさま加勢した。

柊太郎によって慶二が負傷し、清衛は慶二と共に引き上げた。

「俺は追いかけようとしたんだが、先生に止められた」

「騒ぎが大きくなって、人がやって来る気配がしたからな――というのは建前で、私にはやはり、恩師である清衛さんを討つのは躊躇われた」

しかしながら、ことが大きくなったおかげで、顚末《てんまつ》が一族の頭の耳に入った。清衛は頭から咎《とが》められ、諭《さと》されて、仇討ちを断念したと千歳は聞いた。

「お頭は要からも話を聞いたのち、江戸での用事のついでだが、直に私を訪ねてくださった。以来、曲者に命を狙われることはなくなった。しばらくして、佐助を引き取ったのを機に私はここへ引っ越した。前の診察所は、二人暮らしには手狭だったからな」

板橋宿での一件を経て千歳は柊太郎と親しくなり、佐々木道場に通うようになっていた。己の住む長屋の表店《おもてだな》に空《あ》きが出ると柊太郎から知らされて、千歳は蕎麦《そば》屋《や》だったこの家を手直しして栗山庵《くりやまあん》を開いた。

「つつがなく暮らしていたのだ。先月、曲者に襲われるまでは――」

曲者が慶二の手下だと気付いたのは、曲者の一人が持っていた煙草《タバコ》入れと煙管《キセル》筒が、かつて慶二が使っていた物だったからだ。襲撃のどたばたで凜には相手の武器を見極める余裕がなく、皆似たりよったりの匕首《あいくち》に見えたのだが、男が手にしていたのは煙管筒に忍ばせてあった仕込み刃だったそうである。また、これも凜は気付かなかったが、あの時、千歳は男に話しかけながら、仕込み刃を煙管筒に戻してやったという。

「一族の仕業《しわざ》だと知れると、より厄介《やっかい》なことになるゆえ」

千歳がのちに聞いたところ、三人の曲者は重敲《じゅうたたき》ののちに中追放《ちゅうついほう》になっていた。

「先生はまだ、清衛さんを信じているのですね？」

「どうだろう？」

自問するように、千歳はつぶやいた。

「板橋で清衛さんが私に向けた殺気は本物だった。なればこそ、柊太郎は後を追い、とどめを刺そうとしたんだ。清衛さんは、私が菫さんを殺したと信じていた。何ゆえそう信じ込んでいるのか知りたくて、お頭から問い質《ただ》してもらえぬか頼んでみたが断られた。否《いな》、お頭はおそらく問うただろうが、私に明かすことはないと判じたのだろう。私は厳密にはもう、お頭の『身内』ではないからな」

千歳がどこか困った、自嘲《じちょう》めいた笑みを浮かべたものだから、凜はしばしかける言葉に迷った。

二

千歳曰《いわ》く、一月前の出来事は稲を通じて頭に伝えたものの、頭からの返答はないままだという。稲から聞いた清衛のことは、稲が仲間を通じて聞き及んだ噂の又聞きに過ぎぬ。

「兎《と》にも角《かく》にも、今は用心に越したことはねぇ」

そう柊太郎は頷《うなず》いて、更に頻繁《ひんぱん》に顔を出す——飯を食べに来る——ようになった。

おかずの分け前が減ると佐助は不服だが、それよりも、千歳が殺されかかったことを己だけ知らなかったことに腹を立てていた。

黙っていた凛たちへ、ではなさそうだ。

子供、ましてや片腕では千歳の役に立てぬと——一つ屋根の下で暮らしているにもかかわらず内緒にされていたのは、己が無力なせいだと——自身を腹立たしく思っているようである。

千歳は凛にとっても恩人だ。恩人に報いたいという気持ちは同じだろうと、凛は佐助を道場へ誘った。

「私と一緒に佐々木道場へ通ってみませんか？」

「片腕で剣術なんかできねぇよ」

「ええ、剣術は難しいでしょう。でも、手裏剣《しゅりけん》はどうかしら？」

「手裏剣？」

「投げ方のこつを覚えれば、いざという時、石でも出刃《でば》でも武器にできるわ。それから、剣を見極める——剣から逃げる稽古《けいこ》も役に立つと思うの。私も時々、柊太郎さんに相手をしてもらっているのよ」

凛が剣を取って戦うことは、まずないと思われる。ゆえに竹刀《しない》を手にしての打ち合いの他、打ち込まれる竹刀をただかわす稽古も頼んでいた。

「嫌だ。柊太郎のやつ、きっとおれには手加減しねぇ」

「そんなことありません。手加減なしじゃ、今はとても稽古にならないもの。佐助さんは、柊太郎さんが剣術で戦うところを見たことがないんじゃなくて？」

抜刀には相応《そうおう》の事由《じゆう》と覚悟がいる。千歳が襲われた時でさえ、柊太郎は刀を抜かず、結句、刀を振るうことなく曲者を倒したこともあって、凜は道場へ通うまで柊太郎の腕前を見たことがなかった。

「竹刀だけでもすごいのよ。稽古を見たら、佐助さんもきっと驚いて、柊太郎さんを見直すわ」

「ふうん。お凜さんは柊太郎を見直したのかよ？」

「ええ」

「惚《ほ》れたのかよ？」

「それとこれとは別のお話です」

「ふうん……」

にべもなく応《こた》えた凜に佐助は疑いの目を向けたが、護身術や武芸を学ぶことに否やはなかったようだ。

「手裏剣なら、私が教えてもいい」と、千歳が言ったこともある。

剣術はさておき、千歳は今まで、手裏剣や角手《かくて》などを使った忍の技の稽古は、他の門人の目につかぬよう、日暮れから夜にかけて、主に一人で行っていたそうである。先日、土井《どい》のもとへ出かけた帰りにも、道場に寄ったらしい。これからは凜たちも千歳と共に行くことを決めると、千歳は柊太郎に稽古の相手を頼んだ。

「稽古代は飯で払ってやろう」

「む……」

「あはははは、そりゃあいいや」

「ならもう、ただ飯食らいじゃねぇからな。遠慮なくお代わりさせてもらうぜ」

睨《にら》み合う二人の隣りで、苦笑を漏《も》らしつつ凜は持ちかけた。

「先生、稽古代とご飯代をきちんと決めて、佐助さんに勘定《かんじょう》を任せてみてはいかがでしょう？　お代わりは一回まで――ううん、佐助さんと同じ数まではよしとして、もっとお代わりされるようでしたら、お代わり代をいただきませんか？」

算術や書方《かきかた》の稽古を兼ねての案である。

「そりゃいいな。どうだ、佐助？　やってみないか？」

「で、でもおれ……」

「算術と書方は、お凜さんが教えてくれるさ。なぁ、お凜さん」

「はい、喜んで」

凜がにっこりすると、佐助は柊太郎と顔を見合わせる。

と、柊太郎がにんまりとした。

「お前が乗り気じゃねぇなら、俺が勘定方をやってもいいぜ？」

「ふん。飯代を誤魔化《ごまか》そうって肚だろう。そうは問屋《とんや》が卸《おろ》さねぇぞ。勘定方はおれがやる。お凜さん……い、いろいろ教えてくれよ？」

「喜んで」

繰り返して応えた凜へ、佐助は少しばかり恥ずかしげに、だが満足げに頷いた。

他の門人が帰った後に、凜や佐助が千歳と稽古をすることを、道場主の佐々木も喜んだ。凜の他、佐々木道場には女の門人がおらず、実は女の出入りや共の稽古を快《こころよ》く思わぬ門人が少なからずいたらしい。

「それは、どうもご迷惑をおかけいたしました」

「いいや。女がいると気が散るなどというやつは、修行がなっておらんのじゃ。あとは柊太郎のせいじゃな。こいつはお凜さん贔屓《びいき》じゃから、お凜さんが来ると他の者どもは放ったらかしで、かかりきりじゃからの。実は近頃は、儂《わし》よりも柊太郎の方が人気でなぁ。皆、柊太郎と打ち合いたくて稽古に来るんじゃ」

「お凜さん、本気にしちゃいけねぇぜ。近頃、先生は昼寝や他出《たしゅつ》が多いから、みんな仕方なく俺を相手にしてんのさ」

「けど、お凜さんにかかりきりなのは本当なんだろう？」と、佐助。

「そ、そりゃ、俺が手取り足取り教えてやると、約束したからな」

「ふうん……なんだかいかがわしいな」

「い、いかがわしいとはなんだ、莫迦野郎《ばかやろう》。なんも、ちっとも、いかがわしくねぇぞ、なぁ、お凜さん？」

柊太郎が慌《あわ》てて言うのへ、凜は大きく頷いた。

「そうですよ。いかがわしいことなんて、ちっともありません。稽古をつけてもらえばすぐに判ります」

実のところ、時折多少の下心を感じないでもなかったが、柊太郎は剣術には真摯《しんし》に取り組んでいる。

まずは千歳が柊太郎と竹刀で打ち合ったが、佐助は二人の気迫を見てすぐに居住まいを正し、柊太郎の勝ちに目を丸くした。

「どうだ？ ちったぁ見直したか？」

「う、うん。ちょびっとはな」

減らず口を叩《たた》いたが、声や眼差《まなざ》しには敬意が滲《にじ》み出ていて、凜たち大人は顔をほころばせた。

千歳が佐助に手裏剣を教える間、凜は柊太郎に剣術の稽古をつけてもらう。千歳と柊太郎が打ち合う間は、凜は佐助と共に手裏剣の稽古に励み、千歳が忍の武器の稽古に勤《いそ》しむ間、凜と佐助は柊太郎と剣をよける稽古をした。

日中は他の門人がいるため、限られた場で柊太郎と向かい合い、竹刀を主に左右によけるだけだったのだが、「どうせなら、鬼ごっこにしようぜ。二人まとめて相手してやるよ」と柊太郎が言い出して、道場の内、栗山庵の土間と変わらぬ二十畳ほどの範囲を決めた。

佐助が歓声を上げたのはほんのひとときだ。鬼は竹刀を持った柊太郎で、凜たちはただ逃げるだけ、竹刀が触れても鬼は変わらぬ上、柊太郎は律儀にも凜と佐助を交互に狙うのだが、どうしてどうして逃げ切れぬ。

「ほいっ」「ほいっ」

寸止めだが次々と打たれて、四半刻《しはんとき》と待たずに佐助は音《ね》を上げた。

凜も乱れた息を整える中、柊太郎は汗を拭《ぬぐ》いつつも涼しい顔をしている。

「うん。こりゃなかなか楽しいな」

「うう……い、今に見てろよ……」と、佐助がうめくのへ、

「おう。そのうち目にものを見せてくれや」と、柊太郎はからかった。

――鬼ごっこの悔《くや》しさを、佐助は書方で晴らすことにしたらしい。

「柊太郎は字が下手《へた》だからな。おれはやつよりうまくなるぞ」

「ではまず、仮名から始めましょう」

「やつは算盤《そろばん》も今一つらしい。お凜さん、算盤も教えてくれよ」

「お安い御用よ」

書方や算盤を教え始めて、佐助とはますます打ち解けた。

算術の稽古のために、食べ物代や薬代をつけるのも、手の空いた時に二人で行うようになった。

もとより佐助はちょっとした計算は知っていたこともあり、算盤は十日ほどでみるみる覚えたが、筆遣いはたどたどしい。

「畜生《ちくしょう》。こっちだったらもっとうまくやれるのに――」

ふとそうつぶやいた佐助が左袖《ひだりそで》を見やったのへ、凜は問うた。

「佐助さんは左利《ひだりき》きだったの?」

「うん……」

佐助の顔が曇ったのを見て凜は口をつぐんだが、佐助はすぐに気を取り直したように言った。

「おれ、箸も少し変だよね? 前も下手くそだったけど、右手になってもっと下手になった」

握り箸ほどではないが、箸を使う佐助の右手は親指と人差し指の他は丸まっていて、よく物が挟《はさ》めるものだと感心するほどである。

「あのさ……今度、箸の使い方も教えてくれる?」

「もちろんよ」

自《おの》ずと声が弾《はず》んだ。

「柊太郎のいない時にな。あいつに莫迦にされたくないからな」

「承《うけたまわ》りました」

わざとかしこまって凜が微笑《ほほえ》むと、佐助も照れた笑みを浮かべた。

三

そんなこんなで半月が過ぎ、文月も二十日となった昼下がり。

房《ふさ》という老婆が杖をつきつつ、たきという嫁と一緒にやって来た。

口をへの字に曲げている房の隣りで、たきはおずおずと切り出した。

「四日前に、転んで足を怪我《けが》してしまって……大したことはなさそうだと、放っておいたのですが、傷口が少し膿《う》んできたのです」

「大したことないよ」と、房。「なのに、こんなお高い医者に連れて来て、まったくもったいないったら」

「もしも歩けなくなったら、困るのはお義母《かあ》さんなんですよ」

「困るのは、おたきだろ？　寝たきりになったら面倒だもんね」

「そんな……」

「寝たきりになったら、呆《ぼ》けやすいともいうしねぇ」

「お義母さん、どうかお静かに……」

「ふん」と、鼻を鳴らして、房は黙った。

房は昨年も転んで右足を折り、それから杖を使ってきたそうである。

脹脛《ふくらはぎ》の一寸半ほどの切り傷は、たきが言ったように少し膿み始めていたが、そう深くなく、縫《ぬ》うほどではない。

「お凜さんは湯冷ましを。佐助はサボンを」

「サボンだって？」と、房が目を剝《む》く。「サボンってのは、南蛮《なんばん》ものだろう？　お高いんじゃないのかい？」

「ええ、まあ」

「そんなのはいいから、安くしとくれよ」

「サボンを使おうが使うまいが、薬礼は変わりません。そちらの家で洗う分にはサボンより安い、無患子《むくろじ》の実を使うのも一手ですが」

無患子の実の外皮はサボンのように泡立ち、衣類の洗濯——殊《こと》に油汚れによく用いられている。

「サボンだの無患子だの、私は洗濯物かい」

「傷口を綺麗《きれい》にしておくことが肝要なのです。糠《ぬか》でもよいですが、絹などで充分に濾《こ》してからにしてくださ い。清潔に保ちながら早く乾かすために、巻木綿《まきもめん》よりも手拭いで軽く覆《おお》うくらいがいい。お望みなら膏薬《こうやく》も出しますが、見たところ、薬がなくとも治ります」

凛が盥《たらい》に湯冷ましを入れて持って行くと、傷に触れてもおらぬのに、房はわざと足を払って凛の腕を蹴《け》った。

「痛いじゃないのさ」

「すみません」

「あんた、男に捨てられて、永代橋《えいたいばし》から身投げしたんだってね？」

「ええ……」

「そんで、今はお医者先生に取り入って、弟子《でし》になったんだってね？」

栗山庵から六町《ちょう》余り離れた深川万年町《ふかがわまんねんちょう》に住むという房は、深川界隈《かいわい》の噂は一通り耳にしているらしい。

「……先生は私の命の恩人です。少しでも恩返しができぬものかと、こちらで奉公《ほうこう》させてもらうことにしました」

「奉公ねぇ……」

妾《めかけ》みたいなもんだろう――とでも言いたげな目でじろじろ凛を見やる房へ、サボンを持って来た佐助が口を挟んだ。

「お凛さんは、親父《おやじ》さんが医者だったんだよ」

今の佐助はそれが嘘であることを知っているが、凛を庇《かば》おうとしているらしい。

「薬のこともよく知ってるから、先生もおれも助かってら」

「ふん。そりゃあんたみたいな……小僧よりはましだろうね」

かたわ、という言葉を吞《の》み込んだ気がして、凛はついじろりと房を睨んだ。

房は千歳が泡立てたサボンで傷口を洗う間は大人《おとな》しかったが、帰りしな、薬礼《やくれい》を払うたきを待ち切れずに広縁から立ち上がり、すぐによろけて杖を落とした。

一番近くにいた佐助がとっさに駆け寄ったものの、房がよろけたのが佐助の左側だったため、佐助は腕を使えず、半ば体当たりのような形で房を支えた。

一旦《いったん》座らせようとするものの、房よりやや背が低い佐助には一仕事だ。凛が手伝う前にどさりと投げ出すように広縁に下ろしてしまい、房は声を高くした。

「何すんだい！　痛いじゃないか！」

「す、すまねぇ」

「すまねぇじゃないよ。おお、痛い。医者に来て怪我するなんてごめんだよ」

「どうもすみません……」

尻すぼみに謝った佐助へ、房は顎《あご》をしゃくった。

「いいから、杖を拾っとくれ。まったく鈍臭《どんくさ》いったらありゃしない」

「お義母さん……」

呆《あき》れ声でつぶやいたたきへ、千歳も困り顔で言った。

「どうもお義母さんは、うちとは相性《あいしょう》が悪いようですな」

「すみません」

「謝ることたないよ」と、房。「こっちは金を払ってんだもの。サボンだろうがなんだろうが、足を洗って二百文《もん》だなんて法外にもほどがある」

杖を手にして立ち上がると、房は一人で土間を出て行った。

「すみません」と、たきは繰り返した。「その……年寄りの言うことですから、どうかご容赦《ようしゃ》くださいませ」

ぺこりと頭を下げて、たきは急いで房の後を追った。

房の振る舞いにも、たきの言い分にも腹が立つ。

「お年寄りだからって、あんまりだわ」

思わず凜がこぼすと、むっつりしつつも佐助は落ち着いた声で言った。

「うん。年寄りだからなんだってんだ。年寄りだろうが、餓鬼《がき》だろうが、善人は善人、悪人は悪人さ。けど、あの婆さんは年寄りだから意地悪したんじゃねぇよ。身体が利《き》かねぇから八ツ当たりしたくなったんだ」

「身体が利かないから……？」

「おれも腕をなくしてから、いろんな人や、先生にもあたっちまった。今まで容易《たやす》くできてたことが、急にできなくなったから……あの婆さんはさ、杖はついてたけど、腰はちっとも曲がってなかった。きっと、足を折るまではずっと元気だったんだよ。だから怖いんだ。寝たきりになったり、呆けちまったりすることがさ」

言葉に詰まった凜の代わりに、千歳が頷いた。

「そうだな。小僧よりましだの、鈍臭いだのと言ったのも、己へ向けた揶揄《やゆ》だったのやもな。としても、お前への無礼には違いないが」

「……でも、おれも悪かったよ」

「そうか?」

「わ、わざとじゃないんだけど、婆さんを落としちまった。お凜さんが助けてくれようとしたのに、おれ、一人でもできると思って……」

「うむ、ありゃ、ちと冷や冷やしたぞ。あの様子なら平気だろうが、尾骨《びこつ》やら腰骨やらを痛めたら一大事だ」

「ごめんなさい」

「明日かあさって、暇を見繕《みつくろ》ってお房さんの様子を見ておいで」

「はい」

素直《すなお》に頷く佐助の傍《かたわ》らで、凜は少しばかり己を恥じた。

房の振る舞いは、やはり凛には許容《きょよう》し難い。ただ佐助より十年も年上ゆえに、見識や寛容《かんよう》さは己の方が勝《まさ》っていると信じ込んでいたことが恥ずかしい。年上だからと奢《おご》らぬよう、年下だからと侮《あなど》らぬよう、凛は己を戒《いまし》めた。

佐助さんからも、見習うことはたくさんある——

盥を片付けてしまうと、佐助がねだった。

「ねぇ、お凛さん。次の患者が来るまで、読上算《よみあげざん》をやろうよ」

「喜んで」

いそいそと算盤を取りに行く佐助の後ろ姿は愛らしいが、揺れる空《から》の左袖が凛を束《つか》の間《ま》切なくさせた。

同情心を見せぬよう、己の算盤を持って来て御破算《ごはさん》にする。佐助との答え合わせのために、読み上げながら凛も算盤を弾《はじ》いているのだ。

「あ、なんだよぅ。一緒に御破算にしようよぅ」

佐助が口を尖《とが》らせるのへ、千歳までもくすりとした。

算盤を傾けて今一度五珠《ごだま》を梁《はり》へ下ろすと、凛は佐助を見やって微笑んだ。

「よろしいですか？」

「おう、いつでもかかってこい」

「では、御破算で願いましては」

じゃっ、と二台の算盤が揃って御破算になる音が、やけに清々《すがすが》しく胸に響いた。

四

翌日。

朝のうちに伊勢屋へ遣いに行った凛は、戻り道中の中之橋の南の袂《たもと》で、老婆に呼び止められた。

「もし……この辺《あた》りにお医者さまがいらっしゃると聞いたのですが、ご存じじゃありませんか……？」

声は弱々しいが、歳《とし》の割に足取りはしゃんとしている。

「もう少し先の佐賀町《さがちょう》に、栗山というお医者さまがいらっしゃいますが」

「ああ、そうそう、栗山先生……嫌になっちゃうねぇ。ちょっと聞いただけの名前はすぐに忘れちゃう。歳だねぇ……」

安堵《あんど》の表情を浮かべた老婆へ、凛は微笑んだ。

「私は先生の弟子で、凛と申します。ちょうど診察所へ戻るところですから、お連れいたします」

「まあ、お弟子さん？　あなたが？　まあまあ……」

目を丸くしてから老婆は続けた。

「ご近所さんがねぇ……お房さんっていうんだけれど、この辺りに腕利きのお医者さまがいるって教えてくれたのよ」

「お房さんがですか……」

あれだけ悪態《あくたい》をついていたにもかかわらず、知己《ちき》に千歳を勧めたとは、にわかには信じ難い。大事はないと千歳は「見立てた」が、傍《はた》から見れば、房が言ったようにただ足を洗っただけであるから尚更《なおさら》だ。

そんなにサボンが効《き》いたのかしら……？

訝《いぶか》りながら凜が老婆を案内して帰ると、折よく他に患者はいなかった。

「着きましたよ」

「えっ？　どこに……？」

この返答には、凜の方が驚いた。

「あ、あの、ここが栗山庵です。栗山先生がいらっしゃる――」

「栗山先生？」

「お医者さまです」

医者と聞いて、老婆はようやく合点《がてん》がいった顔をした。

「ああ、そうそう……お医者さまのところへ行くんだった……」

診察部屋から広縁まで出て来た佐助と千歳が、凜と老婆を交互に見やる。

「こちらの方はお房さんのご近所さんで、先生を探していらしたのでお連れしたのですが……」

「そうなのよ」と、老婆。「お医者さまを探していたのよ……」

「私が医者の栗山です。あなたのお名前は？」

「私？　私の名前は……」

困り顔になった老婆を見て、凜は遅まきながら老婆が健忘《けんぼう》だと悟った。

土間へ下りて来た佐助が、老婆を広縁に座らせる。

「婆さん、どこが悪いんだい？」

「うん？　私はどこも悪くないよ」

「じゃあ、どうして医者を訪ねて来たんだい？」

「どうしてって、お医者さまに見立てて欲しいから……」

「婆さんをかい？」

「ううん、私はどこも悪くないよ」

繰り返した老婆がなんとはなしに、腰に下げていた巾着《きんちゃく》に触れた。

否。女物にしては小さいそれは、どうやら守り袋のようである。

「婆さん、ちょいとそれを見してくんねぇ？」

やはり守り袋に目を付けた佐助が、老婆が応えるより先にするっと根付《ねつけ》を外《はず》して守り袋を手に取った。

中から出てきたのは薄木でできた迷子札だ。

「ええと、どれどれ……ふかがわ、まんねんちょう、にちょうめ、つる――婆さんはおつるさんっていうのかい？」

「うん……」

釈然《しゃくぜん》としない様子でつるは頷いたが、迷子札の仮名を読んだ――読むことができた――佐助はどことなく誇らしげだ。

「あのさ、おれがおつるさんを家まで送って行くよ。ほら、お房さんの様子も見に行きたいしさ」

「お房さんの？」と、千歳や凜より早くつるが問うた。

「ああ。おつるさんはお房さんのご近所なんだろう？」

「ええ、そうよ。坊もお房さんを知ってるの……？」

「まあな」

「坊は……その腕、どうしたの？」

「火事でなくしちまったんだよ」

「火事で？」

「うん。梁が落ちてきて挟まれたんだ」

はらはらと、つるの目から涙がこぼれた。

「それは痛かったねぇ……痛かったねぇ、坊……」

「ああ、痛かったよ。けどもう平気だ。先生のおかげだよ。うちの先生は江戸一の名医だぜ」

「そう……そんなお医者さまが深川にいらっしゃるなんて、心強いねぇ……」

涙を拭ったつるを外へと促《うなが》して、佐助は凜たちをちらりと振り返る。

「じゃあ、行ってくら」

「行ってらっしゃい」

佐助とつるが連れ立って行くのを戸口で見送っていると、下之橋の方から大工《だいく》と思《おぼ》しき男が駆けて来た。

「栗山先生はおいでで？」

「はい」

「よかった。すぐに仲間が来やす。怪我したんです。お願いしやす！」

男が頭を下げてほどなくして、四人の男が戸板《といた》に乗った男を運んで来た。

男の左腕にぐるぐる巻かれた着物にも、戸板にも血が滲んでいる。

「仲間の鉈《なた》がすっぽ抜けて、後ろにいたこいつの腕に……」

「血止めと縫合《ほうごう》に二両。予後の診察と治療は別だ。医者として最善を尽くすが、もしもの時は恨みっこなし――それでもよいか？」

傷を診て言った千歳へ、先に駆けて来た男が即座に応えた。

「構いやせん。親分からも先生の言い値で頼むよう言われて来やした」

「では、中へ。お凜さん、すぐに支度《したく》を」

「はい！」

襷《たすき》を取り出しつつ、男たちを先に中へ促していると、今度は早駕籠《はやかご》が一丁、栗山庵の前につけた。

五

早駕籠は日本橋《にほんばし》の大店《おおだな》から千歳に往診を頼むために送られて来たそうだが、千歳は事情や容態《ようだい》を聞く前にあっさり断った。

「困りやす。そっちはいくらで引き受けたんですか？　先方は金に糸目はつけねぇと言っておりやす」

「為替《かわせ》か証文でもあるならともかく、言うだけならいくらでも言えるからな。引き取ってくれ」

「困りやす」

「なんの。私は留守だったことにでもすればいい」

駕籠舁《か》き二人も腕っぷしは強そうだったが、付き添いの大工五人も負けていない。引き受けてもらえぬのなら、別の医者を探さねばならぬと、駕籠舁きたちは早々《そうそう》に帰って行った。

——大工の治療が無事終わり、患者を入れて六人の男たちがぞろぞろと引き上げたのち、凜は千歳に問うた。

「先ほどお断りした方ですが、為替か証文があったらどういたしましたか?」

「時と場合、値によっては引き受けただろう」

「先約があってもですか?」

この問いには、治療の途中で帰って来ていた佐助が代わりに応えた。

「先生は一度交わした約束は違《たが》えやしねぇよ。けど、千両ももらえれば、大工の方がよそへ行ってもいいと言ったかもしれねぇぜ」

千両もの話はまだないが、そうして患者同士がかけ合ったことは、一度や二度ではないという。

千歳の薬礼は相場より高い。だが、その腕前を鑑《かんが》みれば、「法外」というほどではない。また、千歳は殊に贅沢《ぜいたく》な暮らしはしておらず、薬礼のほとんどは道具や薬に費《つい》やされていた。

千歳は道具に細かなこだわりがあり、手入れもけして怠《おこた》らない。懇意《こんい》にしている職人が幾人かいて、新たに発案した道具を一から作らせることもある。薬草も二階で育てているものの他、伊勢国や信濃国にある薬園と取引していて、伊勢屋を通じて希少《きしょう》な薬草を取り寄せている。全て千歳の、医術へのたゆまぬ研究心ゆえだ。

凜が栗山庵に来て三月《みつき》が過ぎた。

薬礼は必ず取り立てる千歳を厳しく感じることはまだあるものの、そういった医者の「在り方」を含めて、千歳の医術は興味深い。

「けど、あっちに何かあったら、また恨まれちまうかもなぁ……」

不安な顔になった佐助に、千歳は穏《おだ》やかに応えた。

「案ずるな。その時はその時だ。——ところで、おつるさんとお房さんはどうだったのだ？」

「お房さんちに行けば、おつるさんの家も判ると思ってよ。先にお房さんちを訪ねたら、お房さんは出かけてた。だから、おたきさんとしか話さなかったけど、お房さんはいつも通りだってさ。身体を痛めてなくてよかったよ。足の傷は膿《うみ》が取れて、悪くはなっていないから、しばらく先生の言い付けを守ることにしたらしいや」

「そうか」

「それで、おたきさんにおつるさんちまで一緒に行ってもらったんだけど……」

つるの家は房の家からほど近い、娘夫婦が営《いとな》む小さな煮売屋《にうりや》だった。

この煮売屋は、父親の死後に母親とつるが始めた店で、母親はとうに亡くなっている。娘は一度嫁いで家を出たが、三十路《みそじ》から四十路《よそじ》の十年間に義父母に続いて夫と子供も亡くしたため、四十路過ぎになって一人で出戻った。

「娘さんは出戻ってしばらくして、近所のやもめとくっついてよ。歳も歳だが、それで安心して呆けちまったんじゃねぇかって、おたきさんは言ってた」

身体はどこも悪くなく、店の手伝いもしているのだが、時折ふらりと出かけて迷子になることがあるらしい。

「先生のことも、お房さんじゃなくて、おたきさんが煮物を買いに来たついでに、娘さんに話したのを聞いただけみてぇだ。おつるさんには息子もいてよ。もう二十年は昔になるけど、金瘡《きんそう》から毒が回って亡くなったんだとさ。最期《さいご》は大分苦しんだみてぇで、医者にはもう手の施《ほどこ》しようがねぇって言われてさ。おつるさんは先生のことを聞いて、先生なら息子を助けてくれるんじゃねぇかと思ったんだろうな。まあ、ここに来る前に息子のことどころか、自分のことも忘れちまってたけどよ」

健忘も治せるのかと娘に冗談交じりに問われたものの、「先生は外科医だから」と佐助は首を振ってきたという。

「先生は本道《ほんどう》も得意だけど、そのぅ、どのみちあすこは、薬礼に回す金はなさそうだったから……勝手なこと言ってごめんなさい」

「いいさ。健忘は私にも治せんよ。腎虚《じんきょ》の薬がよいといわれておるが、私はまだこれといった効き目を見聞きしておらん」と、千歳。

五臓の肝・心・脾《ひ》・肺・腎の内、腎は生命力の源《みなもと》と考えられており、腎虚は腎気が虚《きょ》した――つまり、加齢による衰えを指す。主な腎虚の容態に白髪《しらが》や、腰や肩の痛み、聾《ろう》、冷え、失禁などがあるが、健忘もまた生命力の衰えが原因とみて、腎虚の薬を処方することがあるという。

「まだまだ、今の医術では治せぬ病が山とある……」

無念が滲んだ千歳のつぶやきに、妹の純《じゅん》や母親の芹《せり》の死に顔が思い出されて凜は思わずうつむいた。

六

伊勢屋から遣いが来たのは、四日後の文月《ふづき》は二十五日だ。

昔の「仲間」からつなぎがあったそうで、千歳は昼から看板を下ろして仲間に会いに行くことになった。

「遅くなるだろうから、夕餉《ゆうげ》はいらんよ。ああ、なんだったら二人も、稽古の後に何か食べて帰るといい」

今日は稽古のついでに、佐々木に金瘡膏《こう》を届けに行くことになっていた。

八ツまでに金瘡膏の他、注文があった薬の調合を済ませてしまうと、凜はおやつを食べつつ、佐助と半刻《はんとき》余り絵草紙を読んだ。

「さあ、そろそろ行きましょう」

「おう」

七ツには門人は皆帰るため、七ツ過ぎに道場へ着くつもりで、凜たちは絵草紙を仕舞った。

と、表から「ごめんください」と女の声がした。

「どちらさま？」

ひょいと広縁へ出て、佐助が問う。

「結城屋《ゆうきや》の八《はち》と申します。栗山先生はいらっしゃいますか？」

「先生は留守だよ」

土間に下りた佐助が引き戸を開くと、三十代半ばの身なりの良い女が微笑んだ。

凜よりはやや低いが女にしては背丈がある方で、化粧映《ば》えのする、覚前屋《かくぜんや》の仙《せん》とはまた違った佳人《かじん》である。

凛も広縁まで出ると、八は戸惑《とまど》い顔で小さく頭を下げた。

「そうですか。往診をお願いしようと参ったのですが……」

「看板がかかってねぇのは、商《あきな》い中じゃねぇってことさ。悪《わり》ぃけど、他をあたってくんな」

「商い、ですか？　医は仁術《じんじゅつ》なのでは？」

からかい交じりの女の言葉へ、佐助は「ふん」と鼻を鳴らした。

「そう思うなら、尚更よその医者をあたってくれよ。薬礼を――金をいただくからには医者も商売なんだって、先生はいつも言ってらぁ。自分は聖人でも仙人でもねぇともな」

「すみません」と、八は素直に謝った。「先生のお噂はかねがねお聞きしております。往診は明日でもあさってでも構いませんので、是非《ぜひ》とも栗山先生にお願いしとうございます。もちろん、薬礼は先生の言い値でお支払いいたします」

結城屋は表茅場町《おもてかやばちょう》にある廻船《かいせん》問屋で、診て欲しいのは寝たきりの隠居だという。

「ご隠居はお怪我をなさったのですか？　それともご病気で？」

凛が問うと、八はやるせない笑みを浮かべて応えた。

「病……いいえ、歳のせいでしょうか。他のお医者さまにはもう打つ手はないと言われましたが、名高い栗山先生にもお見立てをお願いしたいのです」

前金を置いていくからと、八は懐紙《かいし》に包んだ小判を半ば無理矢理、凜に手渡した。

「先生がお帰りになりましたら、ご相談してみます」

「お頼み申します。――ところで、あなたは先生のおかみさんですか？」

「とんでもない。私は凜と申しまして、ただの弟子にございます」

「さようで……鉄漿《かね》をつけていらっしゃらないのでそうではないとは思ったのですが、女のお弟子さんとは珍しいですね」

微笑んで、八は佐助を見やった。

「あなたは佐助さんね。あなたのことは先生のお噂と一緒に聞いておりました」

「そうかい」

「今少し、先生のことをお訊ねしたいのですけれど……」

「なんだよ？　ちゃっちゃと頼むぜ。おれたち、出かけるとこなんだ」

「そうでしたの」

道場へ剣術の稽古に行くと聞いて、八は興を覚えたようだ。

「女の人も門人にしてもらえるとは、これまた珍しい道場ですこと。どうか私も連れて行ってくださいまし」

「おかみさんも剣術を習おうってのかい？」

目を丸くした佐助へ、八は微笑んだ。

「ふふ、昔、弓を少し習ったことがありますのよ。とはいえ、私はもう歳ですから、子供たちにどうかと」

新たな門人は道場には喜ばしいことだ。断る理由もなく、凜たちは八を連れて行くことにした。

前金を文机《ふづくえ》に置き、佐々木道場へ行く旨《むね》を一筆したためてから、裏口は心張《しんば》り棒で、表口は錠前でしっかり戸締まりをする。

「厳重《げんじゅう》ですのね」

「万が一にも、道具や薬を持ち出されては困りますから……」

八を連れて中之橋を渡ってすぐ、つるの姿が見えて佐助が駆け寄った。

「おつるさん！」

「あ、坊は……」

「佐助だよ。栗山先生の弟子の」

「そうそう、佐助さんだったたね……ちょうどよかった。先生にね、来てもらえないかと思ってねぇ……」

「先生は留守だよ」

「あれまあ……」

「あのさ、おれたち海辺橋《うみべばし》へ行くから、ついでにおうちまで送ってくよ」

佐々木道場へは上之橋から萬年橋《まんねんばし》と大川《おおかわ》沿いを行く方がやや近いが、上之橋の代わりに万年町の海辺橋を渡ってもそう大きな違いはない。

ちらりとこちらを見やった佐助に頷いてから、凜は八に囁《ささや》いた。

「健忘なのです。ほんの少し回り道になりますが……」

頷いた八がどことなく切ない目をしたのは、寝たきりの隠居を思い出したからだろうか。

上之橋の手前を東へ折れて、松永橋《まつながばし》と相生橋《あいおいばし》を渡り、万年町の一丁目まで来るとつるを呼ぶ声がした。

声の主は房で、懸命に杖をつきながら凜たちに近付いて来る。

「どこへ行ってたんだい？　ああ、またお医者さんのところへ行ったのかい？」

「そうなのよ。でも、先生は今日はお留守で……」

「お医者さんなんて、もういいんだよ」

「でもおっかさん、痛いでしょう？」

どうやら、今日のつるは房を母親だと思っているようである。

房は一瞬はっとしたが、すぐに微笑んで首を振った。

「そうでもないよ」

「でもほら、杖をついて……」

「私ももう歳だからね。さあ帰ろう、おつる。おっかさんと一緒に帰ろう」

こういったやり取りにはもう慣れているのだろう。房はそっとつるの手を取った。

「おつるは私と一緒に帰るから。わざわざ……ありがとうよ」

「うん。あのさ、ちょっと待って」

そう言って、佐助は懐《ふところ》から手拭いを取り出した。

手妻《てづま》のごとく隅をつかんで片手でぱっと広げると、端を嚙《か》んで引き裂いて、一寸半ほどの巻木綿を作る。

「お凜さん、これをお房さんの手に巻いてあげて」

房の杖はただのまっすぐな竹杖で、持ち手がない。つるを探して歩き回っていたからか、房の右手の小指側が、竹の節《ふし》で擦《こす》れて赤くなっている。

房から杖を預かって手を取ると、手のひらも杖の頭があたるところが、硬く、赤い。常から柄と頭を持ち替えながら歩いている証《あかし》だ。

凜が巻木綿を巻く横から、佐助が言った。

「違う杖にしなよ。持ち手があった方がいいよ」

「余計なお世話だよ。……これは息子が買ってくれたものなんだ」

「毎日使うもんなのに、気が利かねぇ息子だな。だったらさ、持ち手だけ、上につけてもらいなよ。おれ、竹細工のいい職人を知ってるよ」

「余計なお世話だってんだ。どうせ吹っかけてくるんだろう?」

「慎吾《しんご》さんは法外な金は取らねぇよ。小伝馬町《こでんまちょう》の北にある岩本町《いわもとちょう》の、勝兵衛《かつべえ》長屋《ながや》ってとこに住んでら。慎吾さんなら、杖の持ち手なんてちょちょいのちょいでつけてくれるぜ」

「ふん」と、房がつんとした横で、つるが微笑んだ。

「佐助さんは優しいねぇ……」

「おれ、優しくなんかないよ」

「いい子だねぇ……」

「ううん、ちっとも。――さ、早く道場へ行こうぜ」

房のようにつんとして、佐助は凜たちを促した。

七

佐々木道場に着く手前で、七ツの捨鐘《すてがね》が鳴り始めた。

道場には既に佐々木と柊太郎しかおらず、凜は八を二人と引き合わせた。

八の子供は上は女で十五歳、下は男で十二歳の二人だという。

「下の子は佐助と同い年じゃな。いつでもよいから、連れて来なさい」

「ありがとうございます」

挨拶《あいさつ》だけで帰るのかと思いきや、八はしばし稽古を見学したいと言い出した。

佐々木は稽古を柊太郎に任せて湯屋《ゆや》へ向かい、稽古着に着替えた凜と佐助はそれぞれ竹刀を手に取った。

八の前では、手裏剣の稽古はできぬからだ。

凜は剣術の稽古も続けていたが、佐助はたまに鬼ごっこの鬼役をしながら急所への突きや払いを教わるのみである。形ばかり素振《すぶ》りをしてから、凜が先に稽古をつけてもらうことにした。

柊太郎に倣《なら》って足捌《あしさば》きの稽古を幾度か繰り返したのち、手首を返しながら相手の左右を狙う切り返しの稽古にかかる。小気味《こきみ》良い音をさせていたのはほんの数回で、五回も繰り返すと凜の息は上がってきたが、七ツまで他の門人の相手をしていたにもかかわらず、柊太郎には疲れが見えぬ。

「お凜さんが相手だから手加減してるけどよ。柊太郎はな、あれで免許皆伝の凄腕《すごうで》なんだぜ」

何やら自慢げに佐助が八に言った矢先、戸口から千歳が姿を現した。

――千歳の姿を認めた途端、八は刀掛けへと駆け出した。

「お蓮《れん》！」

千歳が叫ぶと同時に、刀掛けの刀へ手を伸ばした八へ、柊太郎が槍《やり》のごとく竹刀を投げつける。

柊太郎は続けて凜の手から竹刀を奪って突進するも、八は鼻の差で先に投げられた竹刀をよけて、刀を手にして鞘《さや》を払った。

柊太郎が打ち込んだ竹刀を、八が難なく斬り捨てる。

「柊太郎！」

佐助が叫ぶ間に、柊太郎は一尺半ほどになった竹刀を片手に床を転がり、落ちていた竹刀を拾って飛び起きる。二刀を構えて八を睨みつけると、ひとときと間《ま》をおかずに再び八に向かって行った。

私も何か手助けを――

ことの成りゆきが呑み込めず、凜は束の間棒立ちになっていたが、八に剣術の心得があるのは明らかだ。いくら柊太郎でも竹刀では斬り結ぶことすらできぬ。

髷《まげ》から笄《こうがい》を引き抜くと、凜は仕込み刃を八の目に狙いを定めて迷わず放った。

と、八がかわすより先に、横から飛んで来たものが仕込み刃を弾く。

千歳が放った手裏剣だった。

先生――？

千歳を問い質《ただ》す間もなく、八は柊太郎の突きを飛びしさってかわした。

続けて繰り出された竹刀を斬り飛ばすと、柊太郎へ刀を投げつける。柊太郎が刀を拾いに退《しりぞ》くや否や、八は千歳より早く佐助に駆け寄った。

「佐助さん！」

「佐助！」

刀を拾った柊太郎が叫んだ時には、八は左腕を佐助の首に回し、右手で抜いた簪《かんざし》を佐助の首にあてていた。

凜と柊太郎、千歳と、三方から睨まれているにもかかわらず、八は不敵な笑みを浮かべた。

「動かないで。佐助さんもよ」

「柊太郎、刀を下ろせ。お蓮、佐助を放してやってくれ」

千歳が今一度その名を口にしたことで、凜はようやく八が蓮――千歳を娘の仇としている清衛の、もう一人の娘だと気付いた。

千歳を振り向くことなく、用心深く蓮を睨みつけたまま、柊太郎が刀を下ろす。

蓮も簪を佐助の首から離して、髷に挿《さ》し直した。

蓮の腕から自由になった佐助が、やはり蓮を睨みつけながら後じさる。

「佐助さん――」

小走りに駆け寄って、凜は佐助を背中に庇った。

そんな凜たちを見やって、蓮が微笑んだ。

「ごめんなさいね」

「まったくだ」と、千歳。「何ゆえ、このような真似を……」

「こんな真似をするつもりはなかったのだけれど、つい……聞いたわ。慶二の手下三人を、若い用心棒とお伴の女と一緒に返り討ちにしたそうね。察するにお伴の女はお凜さん、若い用心棒は柊太郎さんでしょう。そこへあなたが顔を出したものだから、ついお手並みを拝見したくなったのよ」

苦笑を浮かべつつ、蓮は千歳に近付いた。

八

蓮は二十歳の折に役目を兼ねて、大坂の廻船問屋・結城屋に嫁いだそうである。結城屋は大坂が本店で、表茅場町の店は江戸店《えどだな》だ。蓮は此度《こたび》、慶二からつなぎを受けて、一人で江戸にやって来た。

千歳は今日、伊助《いすけ》という仲間に会ってそのことを知り、家に帰って蓮が既に訪ねて来たことを悟った。蓮が前金として一両を包んだ懐紙は注文で作らせているもので、蓮《はす》の花の透かしが入っているという。八は蓮の偽名の一つで、蜂巣《はちす》——蓮《はす》の古名——が所以《ゆえん》らしい。懐紙を見て、一刻《いっこく》も早く蓮の意図を知るべく、千歳は佐々木道場まで駆けつけた。

「あの金はなんだ？」

「前金よ。ね、お凜さん？」

「寝たきりのご隠居の見立てを頼みたいとのことでした」

「結城屋の隠居は、大坂でとうに亡くなっている」

「私の父のことよ」

蓮が言うのへ、千歳はもちろん、凜たちもはっとした。

「清衛さんが寝たきりなのか？」

「ええ」

「先生に見立てを頼むなんて、厚かましいにもほどがある」と、柊太郎。「俺は先生の無実を信じているが、あんたの親父は先生を娘の仇と思い込んで、何度も先生を殺そうとしたんだぞ？　いってぇどの面《つら》下げて、仇に助けを求めようってんだ？　俺にはできねぇ。恥を知れ」

柊太郎の言い分には大いに頷ける。佐助も同じ気持ちらしく、柊太郎と一緒になって蓮を睨みつけている。

「……父も正気《しょうき》であれば、仇に助けを求めるなんて末代《まつだい》までの恥としたでしょう」

「というと、清衛さんは——」

「健忘を患っているの。そのせいか、昔の話ばかりしているわ。歳のせいもあるでしょうけど、癌《がん》か足の怪我のせいでもあるんじゃないかしら」

清衛は昨年足を痛めて以来、思うように動けなくなった。ほどなくして身体にそれと判るいくつかのしこりが見つかり、しばらく前から寝たきりだという。

「清衛さんが健忘……」

「明らかになったのは足を痛めてからよ。でも私は、父はもっとずっと前から正気を失っていたと思うわ。あなたを菫の仇と思い込むなんて、正気の沙汰《さた》とは思えないもの。慶二が傍《そば》にいたから、大きなしくじりはなかったけれど、慶二もずっとどこかおかしいと思っていたそうよ。父は菫を殊に可愛《かわい》がっていたから、菫が自害したなんて信じたくなかったのよ。だからといって、あなたを恨むのはお門違《かどちが》いなのに……」

つまりは蓮も千歳の無実を信じているのだと知って、凜はひとまず安堵した。

「先だって、件《くだん》の三人があなたを襲ったのは、慶二が命じたことよ」

清衛の下知《げち》だったと、初めのうち慶二は主張したが、蓮が問い詰めると、己が清衛の「最期の願い」を汲《く》んでしたことだと白状した。

「長年、父に目をかけてもらった礼を兼ねてのことだった、とも。気の毒に、あの三人は私怨だとは知らなかったようね。あなたが一族の出だということも……あなたが一族を抜けて、もう十五年になるものね」

「ああ」

頷いてから、千歳は問うた。

「お蓮は、いつ、どこで慶二と会ったのだ？」

「二日前に品川《しながわ》で」

「慶二は――清衛さんは、品川にいるのか？」

「そうよ」

ちらりと凜を見やって、蓮は続けた。

「ですから、品川までご足労《そくろう》願えないかしら？　お凜さんとご一緒に」

「なんだと？」と、柊太郎と佐助が眉をひそめて声を揃えた。

「見立てはいらないわ。もうどうにもならないことは判っているの。実のところ、お凜さんだけでよいのだけれど、それではお凜さんもあなたも――どうやらこのお二人も――承服しないでしょう？」

「私が、菫さんに似ているからですか？」

凜が問い返すと、蓮は凜を見つめて頷いた。

「水無月《みなづき》に千歳を殺すよう下知した時、慶二は知らなかったのよ、あなたが千歳のもとにいることを。——あなたの噂は耳にしていたようよ。私も聞いていたわ。要が菫に似た女を娶《めと》ったようだと、大坂を訪ねて来た仲間が教えてくれたわ」

　要の家は町外れにあり、凜も人目を避けたがったために、そう出歩くことはなかった。しかしながら、こういったことは、一族の「しがらみ」から自然と漏れ伝わるらしい。

「私の兄は上役と同輩に毒殺されました。父はとうに亡くなっており、兄の死後、家は取り潰され、妹は病、母は心労で亡くなって一人になりました。要さんはただ、私に仇討ちのための武芸を教えてくれただけです。もちろん、私が菫さんに似ていたからこそ助けてくださったのでしょうが、夫婦の契《ちぎり》はおろか――見返りを求められたこともありません」

「そう……それにしても驚いたわ。背丈はあなたの方がやや高いけれど、あの子が同じくらいの歳だった頃にそっくりなんだもの。こんなに似ているなんて……慶二が目を疑ったのも無理はないわね」

　足を痛めた清衛は、しばし大坂の結城屋からほど近い町家で過ごす間に、癌を患った。頭の勧めで伊豆《いず》に移ったものの、湯治《とうじ》の甲斐なく癌が悪化し、清衛は伊豆で寝たきりになった。

　慶二は清衛の代役としていくつかの仕事にかかわっていたが、清衛の「最期の願い」を叶《かな》えてやろうと、ちょうど甲斐国への仕事に向かうところだった手下《てか》に、江戸まで足を延ばして千歳を討ち取るよう命じた。

襲撃の不首尾を知った慶二は、手下の無事を確かめたのち、仕事の合間を縫って自ら江戸へ出て来た。

「慶二はお凜さんを見かけてすぐ、私につなぎを寄越したの。それから父を船で伊豆から品川まで移した。健忘でも――いいえ、健忘だからこそ、お凜さんに一目会わせたいと言っていたわ」

「それで慶二さんは、お蓮さんに先生との仲立ちを頼んだのですね？」

「その通り。今更なんだと呆れたでしょう？　私もよ。でも、私も一目あなたを見てみたかった。こうして会って、話をしてみて……私もあなたを父に会わせたくなったわ」

「お凜さんは菫とは違う」と、千歳。

「そんなことは百も承知よ。でも、父は二日前、私に菫はどうしているか問うたのよ。まるでまだ、菫が生きているかのように……春先から、ずっとそうなんですって。だから慶二は恥を忍んで、私に仲立ちを頼んできたのよ。最期に一目、父を菫に――お凜さんに会わせてやれないかと……」

「お凜さんに菫の振りをさせるつもりか？　気鬱もそうだが、健忘の病状もそれぞれ違う。すっかり忘れて別人のようになることもあれば、ふと正気に戻ることもある。正気なら、清衛さんはお凜さんをすぐに偽者《にせもの》だと見抜くだろう。さすればなんの陰謀《いんぼう》かと疑って、お凜さんを捕らえるべく手荒な真似をするやも――」

頭《かぶり》を振って、蓮は千歳を遮《さえぎ》った。

「父はもう、一人で身体を起こすことさえできないのよ。そうでなくとも、お凜さんを見て昔を――菫を偲《しの》ぶことはあっても、害することはけしてないわ」

「だが……」

言いよどんだ千歳へ、凜は言った。

「私は、行ってみとうございます」

「お凜さん」

「私を菫さんだと取り違えるようなら、菫さんの死はなかったことになり、先生を恨むこともなくなるでしょう。正気に戻られるようでしたら、菫さんに似た者として、世間話や昔話をすることでお慰めできればと思います。――ただし」

蓮の方へ向き直って凜は付け足した。

「薬礼をいただきとうございます」

「もちろんお支払いいたします。おいくら用意すればいいかしら？」

「切り餅《もち》を一つ、いただけますか？」

一分金を百枚か、一両小判を二十五枚を包んだものが「切り餅」だ。

「吹っかけるわね」

「そうでしょうか？　先生は幾度も、私も一度は命を狙われたのです。これまでの見舞い金に、先生がご同行してくださるとして品川までの往診代相当の礼金、柊太郎さんへの用心棒代と思えば、安い方だと存じます」

蓮をまっすぐ見つめて言うと、一瞬ののち蓮は破顔《はがん》した。

「こういうところは、てんで似ていないわね。安心したわ。武芸も菫に比べたらまだまだだけど、迷わず目を狙うとは恐れ入ったわ」

「要さんに教わったのです。隙《すき》が欲しくば顔を、できることなら目を狙え、どんな手練《てだ》れも目を狙われれば守ろうとする、と」

「私もかつて、父に同じように教えられたわ」

おそらく要さんと先生、慶二さん、菫さんも――

「千歳も、腕はちっとも鈍っていないのね」

「先ほどのはまぐれだ」

「ふふ、なんにせよ、礼を言うわ。あの助太刀がなかったら、仕込み刃をかわす間に柊太郎さんの突きを食らっていたもの。柊太郎さんも、流石《さすが》、免許皆伝の腕前ね。竹刀でも恐ろしかったわ。それから、佐助さんは度胸があるわね。ちっとも震えていなかった。私が怖くなかったの？」

「判らない……でもおれを殺したところで、あんたには一つも得にならねぇぜ」

むっつりとして佐助は言ったが、蓮はますます微笑んだ。

「面白い子を引き取ったわね、千歳」

九

千歳から留守番を申し付けられて、佐助は頰《ほお》を膨《ふく》らませたが、ひとときと待たずに――渋々だったが――頷いた。

千歳は蓮を信じていて、凜の目にも蓮は信じるに足る者に見えるが、慶二は判らぬ。もしも全てが千歳を引っ張り出そうという慶二の企《たくら》みで、逃げるなり戦うなりすることになれば、佐助はどうしても足手まといになる。

「できるだけ早く帰るわね」

しょんぼりした佐助にそう約束して、凜たち三人は翌朝、品川宿へと発った。

まずは表茅場町の結城屋で蓮と落ち合い、日本橋から京橋《きょうばし》にかけての人混みを避けるべく、楓川《かえでがわ》から三十間堀《さんじっけんぼり》沿いを南へ歩いた。

凜は蓮と、千歳は柊太郎と並んで行く中、凜は菫のことを蓮から聞いた。

蓮は千歳や要より三つ年下の三十五歳。蓮とは年子だったという菫は、生きていれば今年三十四歳で、凜や柊太郎より一回り年上だった。

菫は十二年前に要と夫婦《めおと》になった。今の凜と同じ二十二歳の時である。

「要はずっと菫一筋《ひとすじ》だったわ。だから、早く父に認められたくて、父の教え子の中では誰よりも修行に励んでた。一人前になってからも命懸けの仕事をいくつかこなして、やっと父から許しを得て、菫と一緒になったのよ」

「要さんは、私にはそんなことは少しもお話しされませんでした。私を引き取ってくださったのは、菫さんに似た者が路頭に迷うのが忍びなかったからでしょう。要さんは私が菫さんとは別人だと、重々承知されていたと思います」

叶《かのうや》屋で私を抱く前も、その後も――

「そうね……だって、こうしているとやっぱり違うもの」

微《かす》かに切ない目を向けた蓮は、昨日より華やかな着物と化粧でやや若作りしている。凜もまた、少し老《ふ》けて見えるよう化粧を工夫して出て来た。申し合わせたことではなかったが、互いに「もしもの折」には姉妹に見えるようにと考えたのだ。

千歳のこともっと知りたかったが、当人が近くにいては問いづらく、一刻《いっとき》余りの道中のおしゃべりは要と菫の想い出話に終始した。

品川宿に着くと、凜たちは千歳と柊太郎を茶屋に置いて、向かいの、清衛が逗《とう》留《りゅう》している旅籠《はたご》へ向かった。柊太郎は不服を唱えたが、清衛のもとへゆくのは凜と蓮のみと、道中で決めていた。

――これはお見舞いよ。穏便《おんびん》に済ませたいの。慶二を疑う気持ちは判らないでもないけれど、私を信じてください。何があろうと私がお凜さんを守ります――

そう言った蓮を信じて、凜は旅籠の暖簾《のれん》をくぐった。

土間で番頭に訪問を告げ、待つことしばし。

番頭と共に戻って来た慶二が、凜たちを認めて深く頭を下げた。

慶二は千歳より一つ年下の三十七歳だと聞いていたが、想像していたより見目《みめ》姿はずっと若く、三十路を越したばかりに見える。

千歳より少し背が低く、身体つきも細く見えるが、あくまで千歳と比べてのことで、着流しから覗いた手足や首からでも鍛えた身体が窺《うかが》えた。顔はやや面長で、目鼻立ちは至って並だ。だが、忍なれば、これといって目立つところのない顔の方が役目に有利に違いない。

「千歳は表の茶屋にいるわ。用心棒と一緒にね」

「そうですか」

短く応えて、慶二は凜たちを廊下《ろうか》へいざなった。

清衛の部屋は一番奥の東側だった。

蓮に続いて部屋に入ると、開け放した障子戸《しょうじど》と縁側の向こうに海が見える。

九ツまでまだ半刻はあろうかという時刻であった。晴れた陽射しが縁側の先から海原《うなばら》までを照らしていて、さざめく波音が耳に心地良い。

清衛の枕元に座って、蓮が囁《ささや》いた。

「父上」

「お蓮か……？」

ゆっくりと目を開き、顔をこちらへ向けた清衛が、凜を認めて息を吞む。

「菫……！」

「父上」

努めて平静に——蓮に倣《なら》って凜は清衛をそう呼んだ。菫と間違われたら、正さずに菫の振りをしようと、これまた道中で決めていたのだ。

「もう間に合わぬかと思うたぞ……」

「遅くなって申し訳ありません」

「だが、よかった。最期に一目、お前にも会っておきたかったのだ」

「最期などと……」

「見ての通り、私はもう長くない」

眠気が覚めたのか、掠《かす》れてはいるものの、思ったより言葉はしっかりしている。

だが、死相は凜にも見て取れた。

蓮の父親ならば、少なく見積もっても五十路《いそじ》は過ぎている筈《はず》だ。老齢だが、清衛は昨年まで「お務め」に就《つ》いていたというのに、落ち窪《くぼ》んだ眼窩《がんか》、こけた頰、乾いた唇は、昼間の明かりの中でも清衛を七十歳ほどの老人に見せている。

そよ風が運んで来る潮の香りでしばし気付かなかったが、枕元の茶器からは栗山庵で嗅《か》ぎ慣れた「秘伝」の痛み止めの匂いがした。

「だがこうして……郷里の畳の上で死ねるだけでも御《おん》の字だ」

「郷里の……」

どうやら清衛は、己が津にいると思っているらしい。

思わず凜は外を見やった。

江戸前の海が、伊勢国の——郷里の津の海と重なった。

「やはりよいな、津は」

「……ええ」

「清衛さんのご実家は津城のお近くだったと聞いていたもので、こちらの宿にお連れしました」と、慶二。

「よく覚えておったな……実家はとうになくなったが、波の音は昔と変わらぬ。お前はほんに気が利く男よ。足を痛めた時は野垂《のた》れ死にを覚悟したが、お前のおかげで助かった。最後のお務めを無事に果たせたのも……お蓮、菫、お前たちからも礼を言ってくれ」

　清衛が足を痛めたのは昨年だ。にもかかわらず、清衛は凜を菫だと――菫が生きていると――信じている。

　どういうことかと、蓮と慶二の顔にも戸惑いが浮かんでいたが、皆、口には出せず、凜は蓮に倣って慶二に頭を下げた。

「その節《せつ》は大変お世話になりました」

「礼には及びません。長年お世話になってきたのは私の方ですから」

「昔の話だ。千歳が抜けてからは要と共に、昨年要が抜けてからは、お前だけが頼りであった……改めて礼を言うぞ、慶二」

　要が忍を抜けたのは赤子が亡くなった後――菫の死の前年だ。とすると、清衛は八年前の――菫が亡くなった年の――昔を今のこととして話していることになる。

「恐れ入ります」

　かしこまって応えた慶二へ、清衛は穏やかに語りかけた。

「怪我に病に……まこと思わぬ最期になったな。一人前になってこのかた、いつかお務めで死すか、仇《かたき》に討たれるか、二つに一つだと思うておったが……」

「父上も、仇持ちだったのですか？」

うっかり問うた凜へ、「何を今更」と、蓮が呆れ声と苦笑を漏らした。

「父上を恨む者から意趣返《いしゅがえ》しに、あなたも私も、一度ならず命を狙われたというのに。母上だって——」

「お蓮、お前も今更蒸し返すことはなかろう」

清衛にたしなめられて、蓮は黙った。

つまらぬことを問うてしまったと、凜は己の不手際《ふてぎわ》を悔《く》いた。

聞くまでもなく、清衛も役目柄、幾度となく恨みを買ったことがあったろう。

幾度となく、誰かを恨んだことも。

察するに蓮や菫の母親、つまり清衛の妻は、清衛を仇とする者に弑《しい》された。なればこそ清衛は殊更、菫を「殺した」千歳を執拗《しつよう》に狙ったと思われる。

けれども、そもそもどうして、清衛さんは先生を疑ったのか……？

問いたくも、己が「菫」では問いようがない。

健忘の病状はそれぞれ違うと、先生は仰《おっしゃ》ったけど……

しかれど、こうして清衛を目の当《ま》たりにすると健忘だとは信じ難い。己を菫だと取り違えていること、ゆえに菫の死やそれにまつわる全てを忘れているということさえなければ、清衛は至って正気に見える。

もしや、本当は正気なのでは……？

清衛こそ芝居《しばい》をしているのではないかと疑って、凜は清衛を見つめたが、すぐに打ち消した。

――人の心は実に不思議なものでな。生きてゆくために、辛《つら》い記憶をただ忘れてしまう者もいる。お凜も、仇のことなぞ忘れてしまえたらよかったやもな――

――私は忘れたくありません。この恨みはけして忘れず、必ずこの手で、兄の仇を討ってみせます――

「……ことに菫、要はどうしている？」

「えっ？」

要とのやり取りを思い出した矢先ゆえに、凜は一瞬うろたえた。

「要は息災か？」

「ええ……今はその――江戸に出かけているので、お見舞いに馳《は》せ参じることはできませんが……」

「無事ならよいのだ。――千歳はどうだ？」

凜のみならず、蓮と慶二もはっとする。

用心深く、凜は応えた。

「……千歳さんも息災にしております。そう、聞いております」

「なんだ？　『千歳さん』だなんて、随分他人行儀だな……？」

しまった。

菫さんも、お蓮さんのように先生を呼び捨てにしていたのか……

だが、内心慌てた凜をよそに、清衛は微笑んだ。

「お前もようやく、未練を断ち切ったのだな」

未練――？

「私は、未練など……」

「そうか？　お前は千歳を忘れるために、要と一緒になったのだと思っておった」

「まさか！」

驚きよりも、要のために凜は声を高くした。

「そうか……ならばよいのだ。要と仕合わせにしておるのだな？」

「はい」

迷わず頷いて、凜は付け足した。

「要も私も、つつがなく、仕合わせに暮らしております。お務めはなくなりましたが、要が教えてくれるので、私も武芸の稽古を欠かしておりません」

「は、は、なんだか物言いも要に似てきたな……それにしてもよかった。ずっと気にかかっていたのだ。お前がいつまでも千歳へ未練がましくしておらぬかと、はたまた袖にされたことを恨んでいやしないかと……」

刹那《せつな》の躊躇いを振り切って、凜は問うた。

「……千歳さんをお恨みなのは、父上ではありませんか？」

「私が？」

小首をかしげる代わりに、清衛は目をそらしてしばし天井《てんじょう》を見上げた。

「そうだな……やつがお前を袖にしたと聞いた時も、一族を抜けたいと言った時もひとときは腹を立てはしたが、恨んではおらぬ」

「まことに？」

今の、健忘を患っている清衛に問うても詮無《せんな》いことと知りながら、それでも問わずにいられなかった。

ゆっくりと、再び凜と蓮、それから慶二をも見回して清衛は再び口を開いた。

「本当だとも。やつを手元に置いておきたいと思ったのは、私もお前と同じだ。だが、人の心はままならぬものよ……やつはやつの心に従って、一族を離れ、医者を目指したのだ。菫、お前は何ゆえ、やつが忍を抜けてまで医者を目指したのか、医術を極めようとしているのか、知っているか？」

「いえ……」

「千歳はその昔、お百合《ゆり》――お前の母親が殺されるのを目の当たりにした。お務めの間にも――これは皆そうだが――幾人かの仲間を失っている。そして、お蓮が怪我を負った折も、やつは人一倍、己の無力を悔いていた」

蓮や慶二の顔にも驚きが広がったことから、二人も知らぬ話だったのだと凜は悟った。

「千歳はもうひとかどの医者となったが、日々たゆまず修業を続けて、さらなる高みを目指していると聞いた。かような者を恨むほど、お前の父は狭量でも偏屈《へんくつ》でもないぞ……」

十

四半刻余りで疲れと苦痛を見せ始めた清衛に痛み止めを飲ませると、やがて言葉が途切れがちになる。

「お休みになってください。お話はまたのちほどに……」

そう言って凜は蓮と腰を上げたが、再訪の機会はもうないだろう。

目を閉じて、痛みに耐える清衛の顔はけして穏やかとはいえぬ。

自然と仇の山口が思い出されたが、心持ちはまるで違った。

山口には兄の仇として天罰のごとき煩悶《はんもん》と死をただ願ったものだが、清衛には千歳を殺そうとした報いよりも、慈悲を求める気持ちが勝った。

癌による苦痛は致し方ないが、せめてこのまま――菫の死も千歳への恨みも忘れたままの旅立ちを凜は祈った。

清衛を看取《みと》るべく、蓮は同じ旅籠で部屋を頼んだ。ついでに皆一堂に会しての昼《ひる》餉《げ》を望んだが、見送りに出て来た慶二は断った。己が命を狙った千歳はもちろんのこと、二年前に怪我を負わされた柊太郎と顔を合わせるのは気が進まぬらしい。凜もまた、佐助との約束を守るべく少しでも早く帰路に就《つ》きたい。

「慶二さん、最後に一つ、教えていただきたいことがございます」

「なんでしょう?」

「清衛さんは、どうして先生が――千歳さんが菫さんを死なせたと、信じて疑わなかったのでしょう?」

「……私にはしかとは判りません。ただ、お蓮さんにはお話ししましたが、菫さんが亡くなってから、清衛さんはどことなくおかしくなったように思います。あの頃から少しばかり短気になり、物忘れも見られるようになりました。今思えば、菫さんが亡くなる前から、清衛さんは健忘になっていたのやもしれません」

「さようで……」

「それから、先ほどはああ言っていましたが、清衛さんは千歳のことをよく思っていませんでした。本当は、菫さんの想いを踏みにじったことも、一族を離れたことも、恩を仇《あだ》で返されたと清衛さんは思っていたようです」

「慶二さんも千歳さんを疑った、いえ、疑っているのですね？」

「私にはなんとも……」と、慶二は言葉を濁《にご》した。「ですが、私はずっと清衛さんを信じて生きてきましたから」

――戻り道中で、凜は旅籠でのことを千歳と柊太郎に話した。

「袖にしたとは大げさだ」

菫の「未練」を聞いて、千歳は言った。

「二十年ほども前のことだ。あの頃は皆まだ若かった。加えて、私たちの他に菫やお蓮と同じ年頃の男が周りにいなかったからな。慶二や他の若者が加わったのは後のことで、菫たちが十六、七になるまで、私と要が一番歳が近かったのだ」

「なんだ、そういうことか。先生も隅におけねぇと思ったのによ」

「そういうことだ。なんなら私が思うに、菫は本当は要を好いていたのだが、お蓮も要に想いを寄せていたがために、私で手を打とうとしたのさ」

「だから袖にしたのかい？」

「恩師の娘だぞ？　丁重《ていちょう》にお断りしたさ。その気もないのに、清衛さんや要に睨まれるのはごめんだったからな」

「それで結句、菫さんは要さんと一緒になったのか……」

「そうだ。結句、納まるところに納まったのだ」

「でも、お蓮さんは……」

蓮が要に想いを寄せていたとは知らず、凜は言葉に詰まった。

「お蓮は己の役目をわきまえていた。ゆえに、清衛さんや要を困らせるような真似はしなかった」

「役目というと、結城屋に嫁いだことですか？」

「ああ。幼き頃から、お蓮は己がいずれ結城屋に嫁《か》すことを知っていた。とはいえ、人の心はままならぬものだがな……」

「清衛さんも同じことを言っていました」

「そうか」

「案外、ご自分のことを仰っていたのやもしれません。清衛さんは、ご自分が健忘になりつつあることを、ずっとご存じだったんじゃないでしょうか？」

健忘は短気になったり、妄想《もうそう》や邪念《じゃねん》を抱くようになったりすることもある。

――先生が言ったように、ふと正気に戻ることも。

「もしもそうなら、きっと正気の時は仇討ちを思い直し、悔いたのではないでしょうか？　長きにわたって仇討ちを試みたのも、正気の時があったからかと……」

「ふむ」

「前に要さんから聞きました。『生きてゆくために、辛い記憶をただ忘れてしまう者もいる』と」

「うむ。老年ゆえではないが、それもまた健忘だ」

「私は忘れられませんでしたが……」

忘れられぬがゆえに、仇討ちを企《くわだ》てた。

結句己が手は汚さなかったが、仇の二人が死したことで凜の仇討ちは終わった。

しかし仇討ちが終わっても尚《なお》、凜は恨みを忘れられずにいる。

「仇討ちを考えるほどの恨みというのは、そうそう忘れられるものではないと思うのです。ですが、清衛さんは今、菫さんが亡くなったことと合わせて、先生への恨みも忘れているようです。生きるためではありませんが、死を前にして『なかったこと』としたのは、それが清衛さんにとって辛いこと、はたまた望んだこと――いうなれば、清衛さんの本心ではないかと……」

「仇討ちは本心じゃなかったってのか？　板橋ではやつらは本気だったぞ？　清衛さんも慶二ってやつも……よしんば清衛さんが改心したとしても、先生への仕打ちは帳消しにはならねぇぜ」

柊太郎がむきになって言うのへ、凜は素直に頷いた。

「そうね……全ては私の推察に過ぎません。ただ、先ほどの清衛さんは、どこか正気で、お言葉は本心からのものに感ぜられたのです」

「本心か……」

微苦笑と共に千歳は顎に手をやった。

「健忘は、本性《ほんしょう》を露《あら》わにするとも聞くからな。どちらも清衛さんの本心やもしれぬぞ。殺したいほど私を憎んでいたことも、今なかったことに――あるいは私を許そうとしていることも。また、健忘は誰にでも起こりうる。お凜さんもいつか、望むと望まざるとにかかわらず、その恨みを忘れてしまうやもしれんぞ？」

この恨みを忘れてしまう……？

望むと、望まざるとにかかわらず――

「……恐ろしいことです」

「うむ」

「悲しいことやもしれません。それとも、このような恨みは忘れてしまった方がよいのですか？　私には判りません」

「私にも判らんよ。忘れてしまう者と、そうでない者の違いはなんなのだろうな？　人の心というのは実に不可思議だ……」

要と似たような言葉をつぶやきながら、千歳が海の方を見やる。

千歳もまた津での日々を偲《しの》んでいるのだと思うと、何やら胸が締め付けられた。

十一

書方をしていた佐助が、蓮の声を聞いて広縁に飛び出して来た。

葉月《はづき》は朔日《ついたち》。凜たちが品川宿を訪ねてから四日を経た昼下がりである。

昼から看板を下ろして、凜は千歳と薬草の乾煎《からい》りに勤しんでいた。

戸口から姿を覗かせた蓮は、己を睨みつける佐助に苦笑を浮かべた。

「薬礼を払いに来たのよ。それから、父が亡くなったことをお知らせに」

「お亡くなりになったか」

「ええ。昨日、菫と同じ道を選んで」

珍しく驚きを露わにして千歳が問うた。

「というと、清衛さんも毒を……？」

「慶二が厠《かわや》へ立った隙に含んだみたい。慶二が戻った時にはもう息を引き取っていたそうよ」

その少し前に、清衛は蓮に干菓子《ひがし》を買って来るよう命じたという。

「そろそろ菫がまた顔を出すだろうから、その時のお茶請けに。私も少し甘い物が食べたい――なんて言うものだから、仕方なく菓子屋を探しに出かけたの。だから、間違いなんかじゃないわ。おそらく父は正気に戻って、覚悟の上で自害した……もしかしたら、お凜さんがいらした時から正気だったのやもしれないわ。ううん、お凜さんがいらしたから正気に戻って、なおかつ芝居をしていたのやも……」

凜と千歳は思わず見交わした。

「けれども、これでようやく、私も菫の自害を信じることができそうよ」

「お蓮さんも、実は先生を疑っていらしたんですか？」

凜が問うのへ、蓮はすぐさま首を振った。

「いいえ。千歳を疑ったことはないわ。でも、毒殺はありうると思ってた。父はもちろん、要も少なからず仇持ちだったから」

「要さんも仇持ちだった――」

「忍なれば致し方ないことよ。命のやり取りに、恨みつらみはつきものだもの。殊に男衆は……」

蓮の言葉はもっともだ。

だが、すると要は仇持ちでありながら、また菫の死を己への復讐《ふくしゅう》やもしれぬと疑いながらも――はたまた、だからこそ――凜の仇討ちを助けてくれたことになる。

言葉を失った凜へ、それから立ち尽くしている千歳へ、蓮はやるせなさそうに微笑んだ。

「お凜さんがお帰りになった後、私、父に訊いてみたのよ。千歳に診てもらったらどうかって。今なら、千歳と穏やかに話せるんじゃないかと――本当は、千歳にも最期に一目会いたいんじゃないかと思ったの」

「私も叶うことなら、健忘だろうが正気だろうが、清衛さんと今一度さしで話してみたかった」

「そう……残念ね。父にはあっさり断られたわ。あなたが苦しむだろうから、と」

「私が？」

「近日中に私は逝《い》く。だが、たとえそれが病のせいだと承知していても、私を救えなかったことを千歳は悔いて、きっと苦しむに違いない――そう、父は言ったわ」

「……そうか」

「菫も、同じように考えたんじゃないかしら？　もう自分は助からないと思い込んで……もちろん、気鬱も手伝ったのでしょうけれど、あの子は私と違って情に厚い、心馳《こころば》せがある子だったから、おそらく知っていたのよ。あなたが母や仲間の死を、人一倍悔やんでいることを」

清衛の野辺送《のべおく》りは、早くも蓮と慶二で今朝方済ませたそうである。慶二は今日にも品川宿を発って頭のもとへ向かい、蓮は今しばらく江戸の結城屋に留まるという。

蓮が早々に辞去すると、千歳は微かに溜息《ためいき》をついた。

「……悔やまずにいられるものか。何か、手立てがあったやもしれんのだ。菫も要も、祥太郎《しょうたろう》も清衛さんも――」

「祥太郎さん？」

「おととし亡くなったお蓮の息子だ。佐助と同い年で、生きていれば十二歳だ」

凜と顔を見合わせて、佐助が問うた。

「その子は双子だったの？　お蓮さんにはもう一人息子さんがいるんだろ？」

「いや、もう一人は娘で、祥太郎より三つ年上だ」

佐々木道場で蓮から聞いた話では、子供は二人、長女が十五歳で、長男が十二歳だ。八は偽名で、江戸には一人で来たとのちに知ったが、子供のことは本当で、大坂でつつがなく暮らしているものと思い込んでいた。

「祥太郎が亡くなる一年ほど前、私は仲間を訪ねて大坂へ行った。ついでに結城屋にも顔を出したところ、祥太郎は風邪《かぜ》で臥せっていた」

寝ていれば治る風邪と見立てて、殊に何もせずに千歳は結城屋を後にした。見立て通り風邪はすぐに治ったそうだが、祥太郎は半年余りして倒れ、つなぎを受けた千歳が駆け付けた時には手遅れだった。

「此度《こたび》の清衛さんも同様だったのだろうが、二、三、しこりに触れてな……痛み止めを処方するのがせいぜいだった」

「ですが、癌ならばどうしようもありません。たとえ先生が半年前にしこりを見つけていたとして――」

「うむ。だが、私にもっと医術の知識と腕があれば、もしかしたら」

――私が医術を知っていたら――先生のように腕のある医者であったら、妹や母、要さんを助けることができたやもしれません――

藩邸でこぼした己の言葉が思い出された。

「要も四年前に最後に会った折、どこか本調子には見えなかった。私が不治の病を疑ったのはそのためでもある。診せてみろと言ってみたが、菫のことで私は多少なりともやつの信頼を損なったのだろう。要は取り合わずに帰って行った」

清衛の言葉通りなら、千歳は親しい者を失った後悔から医者を目指した。

千歳は金瘡医《きんそうい》として名を知られるようになった今も、本道や鍼灸《はりきゅう》を含めて、道具や薬草、技《わざ》の研鑽《けんさん》に励んでいる。ゆえに尚更《なおさら》、癌や健忘など今の医術では歯が立たぬ病を前に、無念を覚えずにいられぬのだろう。

しんとした土間で、おもむろに佐助が口を開いた。

「……あのよ、先生」

「なんだ？」

「怪我でも病でも、いつか先生がおれを看取ることになって、おれが死んじまってもよ。先生はなんも気に病《や》むこたねぇからな」

「莫迦者。縁起でもないことを言うな」

「そうよ、佐助さん。縁起でもないわ」

「けどよぅ……先生はいつも言ってるだろう。『医者として最善を尽くすが、もしもの時は恨みっこなし』――おれぁ、それでいいからよ。もしもの時のために、言われる前に承知しとくぜ。だから先生、おれの時はいつまでもうじうじしねぇでくんな」

口を結んで自分をまっすぐ見つめる佐助へ、千歳はゆっくり微笑んだ。

「もう二度と、お前にもしもの時はこぬよう祈っているが……そうだな、先に約束しておくか。医者として、否《いな》、親代わりとして、最善を尽くす。もしもの時は恨みっこなしだ」

「うん」

一つ大きく頷くと、佐助も口元を緩めてにっこりとした。

十二

昼餉ののちに伊勢屋へ向かう千歳を見送って、佐助が栗山庵の看板を下ろした。

今宵《こよい》は中秋《ちゅうしゅう》の名月で、ささやかな月見の宴《うたげ》を催《もよお》すことになっている。宴といっても客は柊太郎のみなのだが、月見団子《だんご》と酒を出す他、佐助の好物のおやきも作るつもりだ。そのための買い物に出かける凜に、「おれも行く」と佐助がついて来た。

「お野菜は後にして、先にお団子を買いに行きましょう」

「おう」

仙台堀《せんだいぼり》の北側の伊勢崎町《いせざきちょう》に、団子が評判の茶屋があると聞いて、月初《つきはじめ》に月見団子を頼んでおいたのだ。

中之橋と上之橋を渡って伊勢崎町の茶屋に行くと、見覚えのある老婆が縁台に座って茶をすすっていた。

「お房さん」

「ああ、先生んとこの……お凜さんだったね。お凜さんと佐助さん」

愛想がいいとはいえぬものの、栗山庵でのつんけんした振る舞いはもう見られない。凜たちを名前で呼んだ房は、声も顔も穏やかだ。

「足の具合はいかがですか？」

「傷はもう塞《ふさ》がったし、痛くもないよ」

「それはようございました」

「もしや団子を買いに来たのかい？　月見団子なら、ここは月見の日は注文でしか売らないよ」

「知ってらぁ。ちゃんと前もって注文しといたさ」

「そりゃ感心だ。深川じゃ、ここの団子が一番だからね」

そう言う房も月見団子を買いに来たようだ。傍らに杖の他、団子が入っていると思《おぼ》しき風呂敷包みが置いてある。

「その杖……」

持ち手を認めて佐助がつぶやいた。

「付けてもらったんだよ。あんたが言ってた岩本町の、勝兵衛長屋の慎吾さんって職人にさ」

「ふうん」

「……私はいらないって言ったんだよ。でも、おつるさんがうちまで来てさ。息子と嫁に、持ち手をつけてやってくれって頭を下げてさ……おっかさんが可哀相《かわいそう》だからら、岩本町の勝兵衛長屋の慎吾さんなら、ちょちょいのちょいで付けてくれるからって、何度も繰り返したもんだからさ」

「おつるさん、覚えてたんだ……」

「そうだよ。呆けちまったけど、まるきり忘れちゃいないんだ。人をおっかさんと間違えときながら、余計なことはしっかり覚えてんのさ」

悲しみと喜びがないまぜになった笑みを浮かべた房に、佐助が言った。

「この籠も、慎吾さんが作ったやつだよ」

「籠？」

「うん。この中に籠が入ってんだ」

そう言って、佐助は左肩から斜めに下げていた鼠色《ねずみいろ》の胴乱《どうらん》の蓋《ふた》を開けた。

それは胴乱にしては大きめで、長さは一尺、高さは七寸、幅は三寸ほどもある。中の籠こそ慎吾に作ってもらったものの、籠が入っている、蓋と肩紐《かたひも》が付いた袋は凜が縫った。並の胴乱は長さがせいぜい七寸ほどまでの大きさで、煙草や薬、金を入れるために使われている。主に革でできていて、根付《ねつけ》で腰に下げることが多いが、佐助のために作った胴乱はその大きさゆえに肩から下げられるようにして、革より軽い木綿を使った。

「ふうん。こんな胴乱は初めて見たよ」

「お凜さんが作ってくれたんだ」

佐助はこれまで巾着《きんちゃく》を腰に根付で下げていたのだが、片手では巾着の開け閉めは一苦労で、物も取り出しにくい。

此度の蓮からの薬礼の内、己の取り分は、何か佐助や千歳のために使おうと凜は決めていた。

「初めはびくに縄をつけようかと思ったのですが、市中では蓋がなくては不用心でしょう。それに、びくと縄では着物もすぐに傷んでしまいますし――」

女の子にはあんまりだもの……と、凜は胸の内で付け足した。

とはいえ、革の胴乱は籠に比べて重く、蓋を開け放しておくのが難しい。金を惜《お》しむつもりはなく、あれこれ思案するうちに籠巾着を思い出し、籠を下へ付けずに中へ入れ、胴乱として口は絞らずに蓋にしようと考えた。

籠の隅には小さな笊《ざる》を入れていて、今はそれが佐助の財布代わりだ。ちょっとした届け物や買い物の品は胴乱に収まるため、佐助には手間だった風呂敷を使うことも減った。

「こりゃ便利だねぇ」

「そうだろ、そうだろ」

「こっちの方が、びくよりずっと粋《いき》だしさ」

「そうだろ、そうだろ」

自慢げに胸を張った佐助に、房は口角を上げた。

「流石、あの先生の弟子だけあるよ、あんたも、お凜さんも……あの栗山先生ってのは、よその先生がやらないような、いろんな工夫を凝《こ》らしてるんだってね」

「ああ、そうさ」と、佐助は更に自慢げな顔になった。

自分よりも、千歳を褒《ほ》められたのが嬉しいらしい。

「お高いのが玉に瑕《きず》だけどね……あてにならない藪《やぶ》よりいいや」

わざとらしく、ふんと小さく鼻を鳴らして、房は傍らの杖を手に取った。

風呂敷包みを手に、前よりはしっかりした足取りで帰って行く房を見送ると、凜たちも団子を買って茶屋を後にする。

八百屋に寄って帰ると、凜はおやき作りにかかった。

――六ツをやや過ぎて、千歳と柊太郎が湯屋から連れ立って帰って来た。

三宝《さんぽう》に載せた団子を見やって、千歳が言った。

「ああ、そういえば、お蓮から落雁《らくがん》をもらったんだった」

「お蓮さんから？」

「うむ。伊勢屋で顔を合わせてな……」

千歳は湯屋へ行く前に一度家に戻っていたが、落雁は伊勢屋で仕入れた物と一緒に行李《こうり》に入れっ放しにしていたらしい。

千歳が取り出した落雁を見て、佐助が顔をしかめた。

「どうした？　落雁、好きだろう？」

「落雁はいいけどよ。お蓮さんはどうもなぁ……」

「道場でのことを、まだ怒っているのか？」

「違わぁ。けど、おれぁ、なんだか気に食わねぇ。先生もいつになく浮き浮きしているような……もしかして伊勢屋は口実で、ほんとは逢引《あいびき》だったんじゃ……？」

「莫迦を言うな」

佐助のこましゃくれた台詞《せりふ》に、千歳を始め、凜と柊太郎も目を見張る。

「相手は人妻だぜ、先生？」

「お前に言われるまでもなく、わきまえておる。いつになく浮き浮きしているように見えるのなら、楪子《ちゃっ》子のせいだ。盆汁《ぼんじる》もそうだったが、楪子ももう何年も食しておらんのだ」

　盆汁は一月《ひとつき》前の盂蘭盆会《うらぼんえ》で作った。牛蒡《ごぼう》に人参、茄子《なす》、ささげ、大豆《だいず》、南瓜《かぼちゃ》、芋茎《ずいき》などが入った、いうなれば具だくさんの味噌汁《みそしる》なのだが、盂蘭盆会では殺生《せっしょう》を避けることから鰹《かつお》や煮干《にぼ》しの出汁《だし》は使わない。凜は先月まで知らなかったが、盆汁は伊勢国の他では作らないようである。

　楪子は蓮根《れんこん》、人参、油揚げ、椎茸《しいたけ》、昆布《こんぶ》などを和《あ》えた酢の物だ。しばらく置いた方が酢が馴染《なじ》んで旨《うま》いため、此度は二日前から作っておいた。

　盆汁も楪子も、凜には思い出深い郷里の味だ。盂蘭盆会に続いて、これらを共に食した家族や要が思い浮かんで、凜は束の間、郷愁に駆られた。

「蓮根や人参、大根の酢の物は飯屋にあるんだが、楪子のように椎茸や油揚げ、昆布が入ったものがなくてなぁ。昨日食べられるかと思いきや、明日までお預けだと言われたからな」

「三日目からが美味《おい》しいので……今、膳をお持ちしますから」

それこそどことなく浮き浮きしながら凛は土間に下りたが、膳を支度しながら思い巡らせた。

佐助さんの勘は侮れない——

蓮や清衛の昔話から、凛は改めて千歳もかつて菫を好いていたのではないかと推察していた。だが、兄弟のごとく育った要が「菫一筋」だったため、実は菫と相思でありながらも、身を引いたのではないか、とも。

しかれど、佐助の勘を信ずるならば、千歳が想いを懸けていた——はたまた今も懸けているのは蓮であるが、蓮が要を好いていたため、なおかつ嫁ぎ先が決まっていたがために、菫を袖にし、いまだ独り身を貫いているとも考えられる。

「お凜さん」

佐助の声で、凛はつまらぬ推し当てを追いやった。

「先生も、柊太郎も——月が出てきたぜ」

いつの間に表へ出たのか、佐助が戸口の外から皆を呼ぶ。

戸口に歩み寄ると、佐助が凛の手を取った。

凜が栗山庵に来てこのかた、初めてのことである。

はっとした凜をよそに、佐助は凜を表へ引っ張った。

「ほら見て、あの向こう――」

佐助が顎をしゃくった東の空を見やると、昇ってきたばかりの月が覗いている。

「飯を食ったら、永代橋に行こう。あすこからなら、もっとよく見えるからよ」

「ええ、行きましょう」

微笑んだ凜とは裏腹に、柊太郎は眉根を寄せた。

「なんでぇ、佐助。馴れ馴れしいぞ」

「なんでぇ、柊太郎。焼き餅か？」

柊太郎をからかうように、佐助はつないだ手に力を込めて凜に身を寄せた。

「莫迦野郎。男女七歳にして席を同じゅうせずだ。往来《おうらい》でべたべたすんじゃねぇ」

「莫迦野郎」と、佐助は柊太郎を真似て言い返した。「おれとお凜さんはいいんだよ。だって、おれとお凜さんは……」

女同士だものね――

内心くすりとしたものの、驚いてもいた。

佐助は女児だと、柊太郎はとうに見抜いているものと思っていたのだ。

「お前とお凜さんは、なんだ？」

佐助も少なからず驚いたようだが、凜、それから千歳を交互に見上げて、すぐににんまりとした。

「柊太郎は存外鈍いなぁ……なぁ、お凜さん？」

「そのようね」

「ど、どういうことだ？」

うろたえる柊太郎の肩をぽんと叩いて、千歳が戸口へ促した。

「まあ、まずは一杯やろうじゃないか。月見はまだ始まったばかりだ。中でゆっくり、楪子を肴《さかな》に語り合おう」

「お豆腐《とうふ》の田楽《でんがく》もありますよ」

「なんと」

喜ぶ千歳の傍らで、柊太郎は釈然としない顔のままだ。

佐助と顔を見合わせて噴《ふ》き出すと、今度は凜が佐助の手を引いて家に戻った。

解説

細谷正充

現在、文庫書き下ろし時代小説の世界で活躍している知野みさきが、新たなシリーズ作品を上梓《じょうし》した。『仇《かたき》持ち 町医・栗山庵の弟子日録』である。本書が生まれる経緯《いきさつ》に、私も関わっているので、まずその点から説明しておこう。

発端《ほったん》は、私がPHP文芸文庫で編者を務めているアンソロジー「時代小説傑作選」シリーズにある。二〇一七年の『あやかし〈妖怪〉時代小説傑作選』から始まったシリーズは、さいわいにも好評をもって受け入れられ、以後、年に三冊のペースで順調に刊行している。その八冊目となる『いやし〈医療〉時代小説傑作選』のために、作者に書き下ろしてもらった作品が、本書の第一話となる「仇持ち」だったのだ。

書き下ろし作品は担当編集者にお任せで、私の方からこういう内容にしてほしいなどの注文はつけない。いつも、どんな作品が来るのかと、ワクワクしながら待っている。もちろん本作もそうだ。だから本作が送られてきて、一読、面白《おもしろ》い物語だと快哉《かいさい》を叫んでしまったのである。そしてシリーズ化できる内容だと確信。ちなみに『いやし〈医療〉時代小説傑作選』の解説で、そのことに触れている。せっかくだから引用させていただこう。

「石川凜《いしかわりん》は、男に捨てられて永代橋《えいたいばし》から身投げした。……というのはお芝居だ。深《ふか》川《がわ》佐賀町《さがちょう》の医者・栗山千歳《くりやまちとせ》に助けられ、縁を作ることが目的である。元津《つ》藩の武家の娘だった凜は、家族を破滅に追い込んだ仇に近づく足掛かりとして、千歳に目を付けたのだ。目論見《もくろみ》通り、千歳の助手となった凜。彼女を嫌う千歳の助手で片腕の佐助《さすけ》や、浪人剣士の清水柊太郎《しみずしゅうたろう》と共に日々を過ごしながら、津藩の江戸屋敷に出入りしている千歳の供をして、仇に接近していくのだった。

物語に登場した時点で、凜の人生は波瀾万丈《はらんばんじょう》だ。若くして苦労を重ね、行動力もある彼女の仇討ちがどうなるのか、物語から目が離せない。さらに千歳・佐助・柊太郎にも、いろいろとわけがありそう。千歳の抱えている事情も気になる（ああ、タイトルにはそんな意味も込められていたのか！）。もちろん本作だけで短篇として完結しているが、まだまだ物語を続けられそうだ。ということで、シリーズ化を希望するのである」

この作品が好評を博《はく》し、本書へと発展したのだ。先の引用は読み切り短篇の解説として書いたので、あえて触れなかった部分が幾つかある。しかし第二話と第三話を書き下ろし、こうして一冊になったからには、もう少し補足をしておこう。いささかネタバレになっているところもあるので、未読の人は注意していただきたい。

まず主人公の凜だ。家族すべてを失った彼女は、騙《だま》されて遊女屋《ゆうじょや》に売られた。屈《くっ》辱《じょく》に耐えて女郎《じょろう》をしていた凜だが、元伊賀者《いがもの》の刀匠《とうしょう》・望月要《もちづきかなめ》に身請《みう》けされる。要の死んだ妻は、凜とよく似ていたらしい。事情を知った要から、武芸と医術を仕込まれた凜。ところが二年ほどが過ぎたある日、要が唐突《とうとつ》に姿を消した。さらに仇のひとりが殺されたことを耳にする。だが、もうひとりの仇は江戸である。かくして凜は江戸に行き、先の粗筋《あらすじ》のような行動に出たのである。

次に佐助。火事のときに片腕を失った、十二歳の少年……と思っていたら、実は少女である。栗山千歳は元伊賀者であり、要とその亡き妻のことは、よく知っている。清水柊太郎は免許皆伝《めんきょかいでん》の腕前で、かつて千歳を助けている。

さて、以上のことを踏まえて、第二話と第三話を見てみよう。

第二話「夏の鎌鼬《かまいたち》」は、両国《りょうごく》の料理茶屋・覚前屋《かくぜんや》の女将《おかみ》が、十四歳になる息子の由太郎《よしたろう》を診《み》てほしいと頼みにくる。ここしばらく頭痛や吐き気を訴えて、床《とこ》に臥《ふ》せっているというのだ。覚前屋に赴《おもむ》いた千歳と凜だが、由太郎は布団《ふとん》にくるまり診察を拒否する。気鬱《きうつ》の病《やまい》ではないかと疑う千歳と凜は、由太郎の様子がおかしくなった八日前のことを聞きに、粋人《すいじん》の岳哉《たけや》を訪ねる。その日、由太郎は岳哉と共に、浅草奥山《おくやま》に遊びに行ったのだ。このとき何があったのだろうか。

由太郎の〝病気〟の原因を凜たちが調べるうちに、醜悪《しゅうあく》な事実が浮かび上がってくる。それにどう対応して、由太郎を助けるのか。ここで元伊賀者という千歳の設定が生きてくる。柊太郎の剣の腕も見事だ。テレビドラマ「必殺」シリーズを見ているかのような痛快な展開に留飲《りゅういん》が下がった。

その一方で、凜たちの日常も描かれていく。最初は自分の居場所が奪われると思い、凜を敵視していた佐助。しかし徐々に仲良くなってきた。千歳のもとで医術を学ぶ凜は、柊太郎に頼んで彼の通う佐々木剣術道場で剣術の修行も始めた。こうした日常風景が気持ちいい読みどころになっている。

第三話「忘れぬ者」は、第一話で千歳が襲《おそ》われた一件が、ひと騒動を経て決着する。この一件、実は要の死んだ妻もかかわる根深いもの。凜や佐助は巻き込まれたといっていい。しかし、要の亡き妻に似ていることから、凜は紛糾《ふんきゅう》した事態に積極的にかかわることになるのだ。なるほど作者には、こういう企《たく》みがあったのかと感心してしまった。

さらにいえば、足を怪我《けが》した房《ふさ》という老婆と、健忘《けんぼう》のつるという老婆の扱いも見逃せない。千歳の診察を受けた後、よろけた房を助けた佐助。だが房は、憎まれ口を叩《たた》く。このことに怒った凜だが、佐助は怪我をして不安な房の気持ちを見抜く。片腕を失い、苦労をしてきた佐助の魅力的な人間性が、鮮《あざ》やかに表現されているのだ。

つるの方は、もっと凄《すご》い。彼女の設定が、メインのストーリーの布石《ふせき》になっている。つるがいるから、ある人物の行動に納得できるのだ。細部まで考え抜かれているが、それを読者に感じさせることなく、面白く読ませる。これぞエンターテインメント時代小説なのである。

最後に作者の経歴を簡単に記しておこう。

知野みさきは、一九七二年、千葉県に生まれる。ミネソタ大学卒。東京でWeb編集の仕事に就《つ》き、その後、カナダのバンクーバーに移住。カナダの銀行で内部監《かん》査《さ》委員を務めながら、各種文学賞、新人賞への応募を始める。二〇一〇年、第五回ポプラ社小説大賞に応募した現代ファンタジー『連翹荘綺譚』が最終選考に残るが、受賞は逸《いっ》する。しかしポプラ社の編集者の目に留《と》まり、大幅な加筆修正を加えて、二〇一二年七月、『鈴の神さま』のタイトルで刊行された。これがデビュー作となる。さらに同年、和風世界を舞台にしたファンタジー『妖国の剣士』で、第四回角川春樹小説賞を受賞。銀行勤務を続けながら、本格的に作家活動を開始したのだ。

　作者が時代小説に進出したのは、二〇一五年のことである。七月に白泉社から、文庫書き下ろし時代小説『しろとましろ　神田職人町縁はじめ』（現『飛燕《ひえん》の簪《かんざし》　神田職人えにし譚』）を刊行。神田の女職人を主人公にした江戸の市井譚《しせいたん》だ。二〇一六年七月には、光文社文庫から書き下ろしで『落ちぬ椿　上絵師 律の似面絵帖』を刊行した。この作品から始まるシリーズのヒットによって、作者は時代小説の書き手として注目を集めるようになり、現在に至るのである。

　兼業作家であった作者だが、コロナ禍《か》の影響もあり銀行を退職。日本に帰国して専業作家になった。執筆に専念することで、今後のさらなる活躍が期待できるだろう。ということで、本書の二巻目が待たれるのである。

（文芸評論家）

初出

「仇持ち」（『いやし〈医療〉時代小説傑作選』所収　ＰＨＰ文芸文庫）

それ以外は書き下ろし

本文中、現在は不適切と思われる表現がありますが、差別的な意図を持って書かれたものではないこと、また作品が歴史的時代を舞台としていることなどを鑑み、原文のまま掲載したことをお断りいたします。

著者紹介
知野みさき（ちの　みさき）
1972年、千葉県生まれ。ミネソタ大学卒業。2012年、『鈴の神さま』でデビュー。同年、『加羅の風』（刊行時に『妖国の剣士』に改題）で第4回角川春樹小説賞受賞。著書に「上絵師 律の似面絵帖」「江戸は浅草」「神田職人えにし譚」「深川二幸堂 菓子こよみ」シリーズなどがある。

ＰＨＰ文芸文庫　仇《かたき》持ち
町医・栗山庵の弟子日録（一）

2023年3月22日　第1版第1刷

著　者　知野みさき
発行者　永田貴之
発行所　株式会社ＰＨＰ研究所
東京本部　〒135-8137 江東区豊洲5-6-52
文化事業部　☎03-3520-9620（編集）
普及部　☎03-3520-9630（販売）
京都本部　〒601-8411 京都市南区西九条北ノ内町11
PHP INTERFACE　https://www.php.co.jp/
組　版　朝日メディアインターナショナル株式会社
印刷所　図書印刷株式会社
製本所　東京美術紙工協業組合

ISBN978-4-569-90293-7

PHP文芸文庫

いやし

〈医療〉時代小説傑作選

宮部みゆき、朝井まかて、あさのあつこ、
和田はつ子、知野みさき 著／細谷正充 編

時代を代表する短編が勢揃い！　江戸の町医者、歯医者、産婦人医……命を救う者たちの戦いと葛藤を描く珠玉の時代小説アンソロジー。

PHP文芸文庫

本所おけら長屋(一)〜(二十)

畠山健二 著

江戸は本所深川を舞台に繰り広げられる、笑いあり、涙ありの人情時代小説。古典落語テイストで人情の機微を描いた大人気シリーズ。

PHP文芸文庫

いい湯じゃのう(一)〜(三)

風野真知雄 著

徳川吉宗が湯屋で謎解き⁉ そこに江戸を揺るがす、御落胤騒動が……。御庭番やくノ一も入り乱れる、笑いとスリルのシリーズ！

PHP文芸文庫

睦月童《むつきわらし》

西條奈加 著

「人の罪を映す」目を持った少女と、失敗続きの商家の跡取り息子が、江戸で起こる事件を解決していくが……。感動の時代ファンタジー。

PHP文芸文庫

鯖猫《さばねこ》長屋ふしぎ草紙（一）〜（十）

田牧大和 著

事件を解決するのは、鯖猫!? わけありな人たちがいっぱいの「鯖猫長屋」で、不可思議な出来事が……。大江戸謎解き人情ばなし。

PHP文芸文庫

おいち不思議がたり(一)~(四)

あさのあつこ 著

舞台は江戸。この世に思いを残して死んだ人の姿が見える「不思議な能力」を持つ少女おいちの、悩みと成長を描いたシリーズ。

PHP文芸文庫

〈完本〉初ものがたり

宮部みゆき 著

岡っ引き・茂七親分が、季節を彩る「初もの」が絡んだ難事件に挑む江戸人情捕物話。文庫未収録の三篇にイラスト多数を添えた完全版。

PHP文芸文庫

桜ほうさら（上）（下）

宮部みゆき 著

父の汚名を晴らすため江戸に住む笙之介の前に、桜の精のような少女が現れ……。人生のせつなさ、長屋の人々の温かさが心に沁みる物語。

PHP文芸文庫

きたきた捕物帖

宮部みゆき 著

著者が生涯書き続けたいと願う新シリーズ第一巻の文庫化。北一と喜多次という「きたきた」コンビが力をあわせ事件を解決する捕物帖。

PHP文芸文庫

鬼呼の庭

お紗代夢幻草紙

三好昌子 著

庭に潜むあやしいもの、悲しい事件、残された想い……。庭師の娘がそれらの謎を優しく解いてゆく。感動の書き下ろし時代小説。